千昭の身体はもう、真のキスを覚えてしまっていた。真の身体が放つ匂いや、唾液の味や、情熱的に動く舌を覚え、歓迎してしまっている。鼓動がたちまち速くなり、皮膚はざわざわと騒ぎだし、尾てい骨のあたりが甘く疼く。

SHY NOVELS

獅子は獲物に手懐けられる

榎田尤利

イラスト 志水ゆき

CONTENTS

獅子は獲物に
手懐けられる

「――本当に、ライオンでよろしいのですか？　初めての方にビースト・カテゴリはあまりお勧めしておりません。スタンダードなところで、犬をお選びになってはいかがでしょう。特にこのライオンは……ええ、獣の王者ですからね。人間に傅《かしず》くことを嫌います。そういうところが面白いと、ご理解いただける方には好評です。……はい、もちろんベッドでも猛獣ですよ。端的に申し上げて、激しいセックスをお望みの場合は適任です。技術《テクニック》も持久力《スタミナ》も、申し分ございません。あるいは、ボディガード代わりになさる方もおいでです。ただし、少しばかり扱いにくい部分もあるかと存じます。なにぶん野生の獣でございますので……」

1

息が　うまく　できない。

薄暗い駐車場で鶉井《うずらい》千昭《ちあき》は立ち止まり、右手を襟《えり》へと運んだ。タイを緩める指が細かく震える。大丈夫、いつものことだ。しばらくじっとしていれば治まる。そう自分に言い聞かせ、ノットを下げた。一番上のボタンを外すと喉への圧が小さくなり、千昭はその場でゆっくりと息を吸う。焦ってはいけない。過呼吸になればもっと苦しい。なるべく胸郭《きょうかく》を動かさないよう、静かに腹式呼吸を繰り返す。

意識して肩の力を抜き、目を閉じて具体的に呼吸システムをイメージする。酸素に富む空気が鼻腔《びくう》から気管へと流れ、心臓の後ろ側で二手に分かれる。左右に分離した気管支の先には肺胞《はいほう》があり、この肺胞で酸素と二酸化炭素が交換される。血液の中に酸素が満ち、細胞に渡され、ミトコンドリアでエネルギーが作りだされ——。

「……ふ……」

いくらか楽になり、千昭は目を開けた。霞《かす》んでいた視界もクリアに戻っている。

息ができないというのは、人間にとって原始的な恐怖のひとつだ。『生きる』の語源が『息をする』だという話を聞いたことがある。本当なのかは知らないが、納得しやすい説ではある。人が死ぬことを『息をひきとる』とも言う。死なないにしろ、極度の緊張状態に陥《おちい》れば『息が止まる』し、『息を詰め』たり『息を殺し』たりもする。

まったく意識せずスムースな呼吸ができるのは、幸福なことなのだ。

千昭の専門は呼吸器内科なので、呼吸のトラブルに苦しむ患者を多く診《み》てきた。原因は疾患《しっかん》によりさまざまだが、ストレス性の呼吸困難もある。まさしく千昭自身がそのケースだ。ストレスの原因を取り除くことが一番いいのはわかっている。だが千昭のストレッサーは除去不可能だ。それはもう長い間千昭の上に覆い被さり、殺さない程度に圧をかけ続けている。

額にうっすらと汗をかいていた。

前髪を掻き上げ、千昭はエレベータに向かって歩きだす。車と一緒に入り込んだのだろう、コンクリートの上に黄色い落ち葉が点々と散っていた。すっかり乾燥し、苦しみにもがく人のように捩《よじ》れた一枚を踏む。カシャンと薄いガラスを砕いたような音がして、靴《くつ》の裏に葉脈《ようみゃく》が張りついて残った。

十一月上旬、秋の深まりを感じる余裕が千昭にはほとんどない。

病院とマンションを往復するだけの多忙な日々……もっとも、自ら多忙にしている部分は大きい。医師として働いている時が、精神的に一番安定しているからだ。

病に不安を抱える患者の前では頼れる医師でありたい。そう願えばこそ頑張れる。けれど、白衣を脱ぎ、ただの男になった瞬間から――千昭は虚ろな存在となる。この身のうちに澱《よど》んだものが沈み、重苦しく溜まっている。まるでぬかるんだ底なし沼のようだ。沼の上に風は吹かない。だから澱みはどこにも流れていかない。

エレベータに部屋のキーを翳《かざ》し、ロックを解除して階数ボタンを押す。

マンションのセキュリティは堅固だが、千昭にはさして意味をなさない。来てほしくない相手は合い鍵を持っている。

七階に着き、エレベータを降りる。

当直からそのまま日勤にスライドし、疲労が溜まっていた。夕食は摂《と》っていないが、食欲もない。一番奥まった角部屋の鍵を開け、どこにも電気がついていないことに……つまりあの男が来ていないことに安堵する。

洗面所で手を洗ってうがいをし、ついでに汗ばんだ顔も洗った。スーツの上着を脱ぎながら寝室に向かう。不眠傾向のある千昭だが、今ならば眠れる。風呂は起きてから入ればいい。

寝室の扉を開ける。

入ってすぐ右側にある灯りのスイッチに指が届く直前、何者かに口を塞《ふさ》がれた。

「う……っ！」

大きな手だった。千昭の顔をすべて覆ってしまいそうだ。

さらにもう片方の手が千昭の上体を強く拘束する。大蛇《だいじゃ》に巻きつかれたような強い力だ。息をするのもやっとで、抵抗などとてもできない。

そのままずるずると移動させられ、ベッドに突き飛ばされる。

布団にのめり込んだ顔を上げ、千昭は逃げようとした。けれど間に合わない。

「うあッ！」

膝裏に乗られて、悲鳴を上げる。両腕を背中側でひとまとめに摑まれ、動きを封じ込まれた。相手は人体構造をよく理解していた。最小限の拘束で、最大限の効果を発揮するやり方を心得ていた。しかも体格に恵まれている。身長も高いし、体重もかなりある。太ってはおらず、引き締まった筋肉に溢れた身体だ。

あの男ではない。少なくとも、それは間違いない。

けれど、千昭に害を為《な》そうとしている点では同じだった。

「ぐ……」

大きな手が千昭の顎《あご》を掬《すく》い、持ち上げた。仰《の》け反《ぞ》る姿勢を強要され喉が引《ひ》き攣《つ》る。叫ぼうと思っても、喉仏が惨《みじ》めに上下するだけだ。

「動くな」

耳のすぐそばで、男が低く囁《ささや》く。

「や……やめ……っ」

「動くなと言っている。そっちが暴れるなら、手加減しない」

脅《おど》しの言葉に、千昭の身体はびくりとおののく。

顎にあった手が外れ、そのまま下におりて器用にネクタイを解《ほど》いた。千昭の腕が一旦自由になったかと思うと、まるで人形でも引っくり返すように、簡単に仰向けにされる。男は千昭の膝の上に陣取り、ネクタイを手にしていた。

寝室の灯りはついておらず、暴漢の顔はよく見えない。廊下の灯りが入ってきてはいるが、ちょうど逆光になっているのだ。

縛られる――その恐怖が、千昭を動かした。

男に向かって拳《こぶし》を振り上げる。だが千昭の拳は、キャッチボールよりも簡単にパシリと受け止められてしまった。

「三度目だ。動くな。――骨を折られたいのか？」

「ぐっ……」

男は少し怒ったようだった。男の手が千昭の手首を摑む。次第に力が入り、みしみしと骨が軋むほどに痛んだ。重い膝に腹を押され、千昭は言葉もなく呻《うめ》く。男は千昭の両手を頭上で固定すると、手早くまとめて縛りあげた。ワイシャツのボタンをひとつ外し、あとは面倒くさげに一気に引きちぎる。

ボタンが飛び散って、床に転がる音が虚しく響いた。

「やめ……」

「なんだ。痣《あざ》だらけのガゼルか」

男は奇妙な喩《たと》えを口にした。ガゼルというのは確か、サバンナに生息する鹿に似た草食動物だ。以前テレビで見たガゼルは――大きなライオンに食われていた。痣だらけというのは言葉どおりである。千昭の身体に痣がない日など、この何年もない。

「ガゼルが非力なのは仕方ない」

男は続けて千昭のベルトを外す。

「神様がそういうふうに作ったんだから諦《あきら》めろ。食われる獣と、食う獣。これは自然の摂理《せつり》だ。どうしようもない」

「はな、せ……僕は、ガゼルなんかじゃ……」

必死に逃れようとするのに、せいぜい肩が捩《ねじ》れるくらいだった。男の手が千昭の喉を滑りながら「あんたはガゼルだ」と繰り返す。

「憐《あわ》れなガゼルは、ライオンの牙にかかった。気の毒にな。今までは草原を自由に走り回っていたが、もうそうはいかない」

自由？

自由だと？　誰が自由に走り回っていたって？

「は……はは……」

思わず嘲笑した千昭に、男の手が一瞬止まった。

その隙《すき》を見逃さず、千昭は思いきり勢いをつけて上体を振り起こす。捨て身の頭突《ずつ》きを狙ったのだが、もう少しというところでかわされた。目の前に男の肩がある。

シャツに包まれた筋肉に噛みついた。思いきりだ。けれど硬い筋肉と布地に阻《はば》まれ、どうしても歯を深く食い込ませることができない。すぐに引き剝がされてしまう。

「あうッ！」

男の膝が股間に乗り上がる。そこを押し潰されてしまう恐怖に竦《すく》み、千昭はもう動けない。

「窮鼠《きゅうそ》猫を噛む、か」

男が低く笑っている。千昭の抵抗など、この男にはなんら影響を及ぼさないらしい。

「ガゼルもライオンに噛みつくらしい。あまり上手な噛み方とは言えないが」

囁くように言われ、吐息が近づく。頬にちくちくとあたるのは髪の毛だろう。

「もっとしっかり食らいつくんだ。場所も選ばないとな。獲物の息を止められるところでなければならない。――こんな、ふうに」

「な……あっ……う、ぐッ……！」

後頭部の髪を摑まれて、喉を晒《さら》される。

喉仏の上をまともに噛まれて、千昭は濁った悲鳴を上げる。だが急所への攻撃は一瞬だった。

男の唇は首と肩を繋《つな》ぐ位置に移動し、そこをぺろりと舐めた。

「あ……」

ぞくりと、肌が粟立《あわだ》つ。

恐怖からなのか、嫌悪からなのか、あるいは別の感覚なのかはわからない。また噛まれるかと思うと、千昭の身体は強ばり、足先まで力が入った。

「怖いのか？　それとも……嬉しい、か？」

囁かれ、一瞬脱力した。

それを待っていたかのように、硬いエナメル質が食い込んでくる。最初は弱い圧で、だがしっかり深くまで肉を咥《くわ》え、じわじわと少しずつ力が加わる。

「う……あ、あ……くっ……」

男は千昭の首に噛みつきながら、片手で身体を撫でさすった。薄い胸を手のひらで撫で回し、恐怖のために硬く尖《とが》った乳首を突く。そこを摘《つま》みあげ、キュッと潰すように指に力を入れる。同時に、歯の圧も強くなり、千昭は耐えきれず声を上げた。

「いっ……い、痛、やめ……！」

痛みを訴えると、指と歯の圧が弱くなる。つかのまの安堵ののち、また徐々に歯が食い込んでくるのだ。男は何度か同じことを繰り返し、千昭を弄《もてあそ》んだ。きっと乳首は赤く腫《は》れ、首にはくっきり歯形がついている。

「やめ……やめてくれ、頼むから……！」

千昭は懇願した。他にもうできることはない。けれど男は聞く耳を持たない。

強弱をつけて噛まれながら、スラックスとアンダーが取り去られる。ワイシャツと靴下のみを身に着けたまま、千昭は必死に暴れた。両腕を拘束された身体を波打たせて、のし掛かる男を押しのけようとした。

「いやだ、どけ……っ！　どいてくれ！」

「諦めの悪い獲物だな」

男はいったん上体を起こした。千昭の脚を開かせ、閉じられないように身体を割り込ませる。ぐい、と片足を深く曲げさせられた。

「いやだ……！　頼む、金なら渡すから……！」

「金？　は。なにを言いだすんだか」

「な……っ」

「俺は腹が減ってるだけだ。あんたしかいらない。……あんたが、食いたいんだよ」

「う、あ……！」

萎《な》えたままの性器に、なにかぬるぬるしたものが塗りつけられる。もう二十九になるというのに、千昭は他人の手でそこに触れられた経験がなかった。膝頭が震え、声は上擦ってしまう。

「い、い、いや……っ！」

脚をばたつかせて抗う。

それこそ、渾身《こんしん》の力を込めて暴れた。男は抵抗し続ける千昭を押さえながら、いくぶん戸惑いを感じさせる口調で「どうした」と聞いてきた。

「ぜんぜん反応してない……こっちは？」

「ひ……ッ！」

いきなり尻の奥に指を差し入れられ、千昭は引き攣れた叫びを上げる。

「固いな」

「や……やっ、やめ……っ、ひうっ……」

指をこじ入れられる。

直腸壁《ちょくちょうへき》を触診するような動きに鳥肌が立った。潤滑剤がぐちゃぐちゃいう音が聞こえ、身体の内側を探られる感触に血の気が引いていく。

指がクン、と奥に進んだ。

「……ぐっ……」

急激な吐き気を催し、びくりと腹筋が痙攣《けいれん》する。男も千昭の異常に気がついたのだろう。おい、と声をかけて指を抜いた。

パチ、と音がする。

ベッドサイドの灯りがついたのだ。千昭は無我夢中で顔を背け、きつく目を閉じた。

「見てない……！」

「なに？」

千昭は「見てない」と繰り返した。

「僕はきみの顔を見ていない。きみがどこの誰なのかも知らない。警察に届けたりもしない。頼むから、このまま帰ってくれ……！」

「帰れだと？」

男は訝《いぶか》しむ声を出した。千昭はワイシャツ一枚きりの惨めな姿で、身体を丸めて顔を逸らし続け「お願いだ」と声を震わせる。

「誰の差し金なのかも、だいたい見当はついてる……。僕なんかを抱いても楽しくはないはずだ。金が必要なら、ちゃんと払うから……」

「——目を開けろ」

「いやだ」

頬を軽く叩かれる。それでも千昭は固く目を閉じ続けた。

「開けろ。こっちを見るんだ。俺は顔を見られても困らない」

「い、いやだ」

「開けないとこのまま犯すぞ」

「あうっ」

今度は腰をベチンと撲《ぶ》たれる。仕方なく、千昭はおずおずと目を開けた。

男の手が顎を摑み、無理に上を向かせる。それでもなお視線を逸らしていた千昭だが「また嚙まれたいのか」と脅《おど》されてやっと目を正面に向けた。

恐怖しかなかった千昭の心に、軽い驚きが生まれる。

金色だ。

いや、正しくは金茶か。無造作に伸びた、金茶の髪——たてがみのようだ。

若い雄《オス》ライオンが千昭を見下ろしていた。

千昭より年下かもしれない。高い鼻に頑丈そうな顎、男らしくはっきりとした眉。瞳の色は髪より少し薄い金茶だ。明らかに外国の血が入った容貌が、獲物の鮮度を見極めるように千昭を凝視している。何者にも屈しない顔だ。千昭のような人間とは対極にいる、強き者の顔……見下ろされていると、自分の非力と脆弱《ぜいじゃく》さが身に染《し》みる。

「名前は」

「え……」

だしぬけに聞かれて、千昭は戸惑う。

「名前だ。フルネームで」

「う……鶉井、千昭……」

うずらい、ちあき……と男が小さく繰り返す。そして眉間《みけん》に皺《しわ》を寄せ、いきなりベッドから身を起こした。

立ち上がるととても背が高いのがわかる。190センチに届くだろう。押さえ込まれている時はレスラーのような体格を想像していたのだが、そこまで筋骨隆々としているわけではない。あるいは着痩《きや》せして見えるのだろうか。黒いシャツに、やはり黒のトラウザーズ。シャツの襟は開いていて、金色のネックレスが光っている。下手をすればチンピラのように見えるアクセサリーが、この男にはしっくりと似合っていた。

「どういうことだ?」

今までよりいくぶん不機嫌な口調でぼやき、千昭の身体にバサリとシーツをかけてくれた。それを聞きたいのは千昭のほうだ。なぜいきなり襲われたのか。なぜ名前を答えた途端にやめたのか……さっぱりわからない。まだ震えの残る指先でシーツを抱きしめるようにし、呆然と男を見上げる。

男はちらりと千昭を見て、大股で壁まで歩き、部屋全体の灯りをつけた。八畳の寝室は殺風景なものだ。セミダブルのベッドが一台に、目覚ましと読書灯を置くためのサイドテーブル。窓にはブラインドが掛かり、壁にはクローゼットの扉が並ぶ。

男の視線が部屋をひと巡りして、クローゼットを見た。

つかつかと歩み寄り、扉を軽く蹴る。

「いるんだろう?」

クローゼットの中に向かって問いかける。

反応はない。千昭は意味がわからず見守るしかない。

静寂の中、男はもう一度クローゼットを蹴った。今度はすごい勢いだ。鎧戸《よろいど》になっている扉がバキリと音を立て、千昭は身を竦める。明らかに亀裂が入ったのがわかった。

「出てこい。それとも引きずり出されたいのか」

男が再び言う。低い笑い声とともに、扉が音もなく開いた。

クローゼットから出てきた人物を見た時、千昭は驚くと同時に、心のどこかで納得していた。今の状況がなにを意味するのかはわからないにしろ、千昭の不幸はいつもこの男が……深見伊織《ふかみいおり》が運んでくるのだ。

「ばれたか」

深見は悪びれた素振りもなく、薄笑いを浮かべる。

「深見さんだな?」

「あたりだよ、ライオンくん。あーあ、扉が壊れちまった……さすがビースト・カテゴリだ」

「どういうことだ。これは規約違反だぞ」

「どうって……。なあ?」

スクエアなブローバー眼鏡の下、にやつく視線が千昭を見た。クローゼットに寄りかかり、腕組みをして「犯されかけた気分はどうだ?」と聞く。千昭はかろうじて口を開けたものの、結局なにも答えられない。

「深見さん。答えてもらおう」

「はいはい。ちょっとした、悪戯《いたずら》だよ。こいつを驚かせようと思ったんだ」

「彼は事情を知らない様子だ」

髪を掻き上げ、ライオンと呼ばれた男は眉を寄せる。

「そりゃそうさ。事情を知ってたら、驚かないじゃないか」

「だから、それは規約違反なんだよ」

口調が次第に苛《いら》ついてくる。

「クラブはあんたから依頼を受けた。プレイの内容はこうだ。帰ってきたところを、猛獣のような侵入者にレイプされる。抵抗するが、無視していい。途中でやめないでくれ。セックスは乱暴なくらいが好みだが、見えるところに傷が残るのは困る」

男の言葉に千昭は愕然《がくぜん》とした。

プレイ?

猛獣のような?

つまり深見がこの男の派遣を依頼したということか?

「あんたはファイルを閲覧《えつらん》した。クラブは初心者にビーストを勧めることはない。つまりあんたはあえてライオンの俺を選んだんだ」

クラブとはなんだ?

ライオンだの猛獣だの……いったいなんの話をしている？

「そのとおりだよ。獲物の悲鳴なんぞにかまわず食らいつく獣《けだもの》を期待していたのに……これじゃ期待はずれだ。クラブに苦情を申し立てたいくらいだね」

「悪いが、苦情を言われるのはそっちだな」

金茶の髪をした男が言う。

声を荒らげてはいないが、一歩も譲る気がないのは明白だった。ベッドのすぐ脇で長身を屈《かが》ませ、隠していたらしいジャケットと革靴を引きずり出す。

「第三者とのプレイには、必ず当人の許可が必要だ。この場合でいえば鶉井さんのな。こういう勝手な遊びはトラブルのもとになる。あんた、まだトライアル会員だろう？　下手をすれば資格剝奪もありえる」

「この程度で資格剝奪？」

不服げな深見をちらりと見て、「オーナー次第だ」と男は答えた。

「うちのクラブでいうトライアルは、会員がクラブを試《ため》すと同時に、クラブも会員を試している。たちの悪い遊びがしたいなら、金で動く二流のクラブを使え。――とにかく、オーナーの連絡を待ってもらう。一応言っておくが、返金はされない」

「ぼったくりだな」

「なんとでも」

深見をじろりと睨《にら》み、男は答えた。

今までの話を鑑《かんが》みると、この男は性的な交渉を斡旋《あっせん》するクラブから派遣されてきたわけである。つまり男娼《だんしょう》ということになるのだろうが……それにしてはやたらと堂々としている。卑屈さなどかけらもなく、むしろ客である深見のほうが、居心地の悪そうな顔ではないか。

男は寝室の扉の前に立った。

もう去るつもりなのだろう。ドアハンドルに手を掛けたまま、一度振り返って千昭を見る。

金茶の瞳が、憐れみの視線を向けていた。

赤の他人に、しかも男娼に同情を向けられるのは予想外だった。千昭は反射的に相手をきつく見返す。顔を背けるどころか、逆に睨みつけた自分に内心で驚いていた。まだこんなふうに誰かを強く見据えることができるなんて、思っていなかったのだ。

男は千昭の視線を臆《おく》せずに受けとめ、ほんの僅《わず》かばかり口元を緩めた。

寝室の扉が静かに閉じる。たてがみを揺らして、ライオンのような男娼は帰っていった。千昭はレイプされずにすんだが、状況がよくなったわけではない。

「なにが規約だ。たかが売春クラブが、偉そうに」

毒づく深見の不機嫌が伝わってくる。千昭はベッドの上で動かないまま、静かに諦観《ていかん》した。今夜はもう、疲れ果てた身体を充分に休ませることはできないだろう。

「いい格好じゃないか」

まだ両手首を縛られたままの千昭を見て、深見はせせら笑う。

「ケツに指を突っ込まれたときの声は、なかなか聞き応《ごた》えがあったぞ？　おまえ、実は男が好きなんじゃないのか？　道理で女みたいなツラしてやがる」

「違……」

「なんだって？　よく聞こえないぞ千昭？」

「ぐっ……」

髪を鷲摑《わしづか》みにされ、両手を縛られたまま立ち上がらされる。

立った途端に臑《すね》を思いきり蹴られて、千昭はその場に頽《くずお》れた。痛いなどというものではない。

「せっかくおまえのためにショーを企画してやったのに、ビビりやがって。おかげで大金を溝《どぶ》に捨てちまった」

知ったことかと言えたらどんなにいいだろう。おまえが勝手に画策したんだろうと、言い返してやれたら——けれど、千昭は深見の機嫌を損ねるわけにはいかない。深見に逆らうことはできない。なぜできないのか、もうそれを考えることすらやめていた。考えたところで、解決策などないのだ。

「謝れよ、千昭」

命じられ、千昭は痛みに耐えながら口を開いた。

「ごめ……なさい……」

「はあ？　聞こえねえよ！」

蹲《うずくま》った脇腹をどすっ、と蹴られる。ある程度予測していた攻撃だが、だからといって痛みは軽減しない。身体を丸めながら、それでも千昭は再び詫《わ》びる。

「ご、めんなさい……すみません、でした……」

「ああ？　誰に謝ってんだ？」

「に、いさんに、です……っ……ごめ……ぐっ……」

一度や二度の謝罪で、深見が許すはずがない。何度だって、千昭は詫びた。気まぐれに蹴られながら、必死に身体を丸め、深見が飽きるのを待ちながら謝り続けた。

ごめんなさい、すみません、義兄《にい》さん——と。


深見が帰ったのは明け方近くだった。

それまでさんざん千昭を蹴り、罵倒するのに飽きると、ようやく手首の縛《いまし》めを解いて酒の支度を命じた。リビングのサイドボードに並ぶ高級酒のボトルは、すべて深見のためのものだ。

深見は千昭の買ったソファにゆったりと座り、深夜番組を観《み》ながら我が家のようにくつろぐ。千昭は召使いのように……いや、奴隷《どれい》のように深見の命令を待つ。足が疲れたと言われれば、四《よ》つん這《ば》いになってオットマンの代わりだってする。

深見の暴力は、嫌になるほど程度をわきまえていた。見える場所に傷はつけないし、翌日の仕事に支障が出るほどの怪我《けが》も負わせない。学生時代は、千昭の体育の日まで把握して殴っていた。義弟《おとうと》への暴力が露見すれば、自分の首を絞めることになるのをよく承知しているのだ。殴る蹴るは日常茶飯事だったが、性的な暴力に及ぶことはなかった。少なくとも、今まではそうだった。

――ホモなんて気持ち悪い、あいつらは病気だ。

常日頃から、深見はそう吐き捨てている。

――ケツに突っ込むんだぜ？　クソだらけの場所にだ。頭がおかしいんだよ。みんな隔離しちまえばいい。同じ空気を吸いたくもない。

今時こんな差別発言をすれば神経が疑われるだろうが、それくらいのホモフォビアなのだ。あるいは潜在的な同性愛者なのかもしれない。自分の本質を抑え込むため、表層的には同性愛を強く嫌悪し、それがホモフォビックな発言となって表れるのではないか――もちろんこれは千昭の勝手な推測であり、心理学は専門ではないので見当違いをしている可能性も高い。そして仮にこの分析が的《まと》を射《い》ていたとしても、千昭の苦境に変化があるわけでもない。

もちろん、深見の暴言は千昭の前でのみ披露される。

深見は、千昭の勤務する深見総合病院の事務方の責任者であり、患者の前ではごく常識的で優しく、感じのいい『事務長さん』だ。おそらく、無愛想な千昭のほうが『ちょっと怖い先生』と思われていることだろう。

深見の同性愛嫌悪のおかげで、千昭は犯されずにすんでいる——今まではそういう言い方ができたわけだが、今後はもうわからない。第三者を使って、千昭を強姦させる手段を思いついたのだ。いったいどうやって自分の身を守ればいいのか……事態はいよいよ最悪といえる。

「……ガゼル、か……」

独り言がバスルームに反響した。

深見が帰って、千昭はやっと眠ることができた。

目が覚めた時にはすでに日が高く、時刻は午後を回っている。休日なのでそのまま寝ていてもよかったのだが、身体に纏《まと》わりつく深見の匂いを消したかった。風呂に湯を溜めて浸かると、睡眠では解消できない心の疲労が浮き上がってくる。

あの男は、千昭をガゼルに喩えた。

食物連鎖の下位にいるもの。食われるべき存在。ちょうど、深見と千昭の関係のようなものだ。中には逃げおおせるガゼルもいるだろう。草原をひた走り、軽やかに跳躍し、肉食獣の爪に、牙に、かからないものもいる。そのために草食動物は群れで動いている。

けれど千昭は一頭きりだ。

群れから離れた孤独なガゼルは、生き延びることはできない。

バスタブの中で、ばしゃりと顔を洗う。持ち込んだ冷たいミネラルウォーターを飲むと、胃の中が少しスッとした。

「……ライオン……金の、目だった……」

千昭は男を思い出す。

堂々たる体躯《たいく》、美しい顔だち。千昭もよく「きれいな顔だち」と褒《ほ》められるが、要は女顔ということだ。確かに母の若い頃の写真を見ると、自分が女装しているようにも見える。母のことは愛しているし、自分の顔を否定したくはないが、どうしても弱々しい印象がつきまとう。もう少し男くさく生まれていれば、暴力に晒されることは少なかったのだろうか。

あの男の顔だちは、千昭のような「きれいさ」とは違った。

波の高い大海原のような、猛々しい野生の獣のような……力強い美しさがあった。金茶の目はいっそ傲慢なほどに力強く、一度見たら忘れられない。

彼と深見の話していたクラブとはなんだろう。

たかが売春クラブのくせに……深見はそう毒づいていた。つまり、千昭を犯す相手を売春クラブで手配したわけだ。しかしなにかしらの行き違いがあり、呼ばれた男は帰っていった。

去り際の、男の顔が忘れられない。

突然強姦されそうになった恐怖は大きかったが、憐れみの視線は別の意味でショックだった。

深見に蔑《さげす》まれるのには慣れっこだが、第三者からあんな目を向けられるのは堪《こた》える。だめだ。考えるのはやめよう。

考えたところで落ち込むしかないならば、思考停止が最善の策だ。

千昭はもう一度水を飲み、バスタブから出た。シャワーの下に立ち、髪と身体を洗う。肋骨《ろっこつ》の感触からすると、また少し痩せたようだ。きちんと食べて、体重を戻す必要がある。自分の健康を守れなければ、患者を助けることも難しい。

仕事は好きだ。

仕事だけが千昭の逃げ場ともいえる。

患者やその病と向き合っているあいだは、余計なことを考える余地はない。患者に「ありがとう、先生」と言ってもらえると、自分はまだこの世界にいていいのだと安堵できる。どれほど深見に虐《しいた》げられ、見下されようと、存在価値を失ったわけではないと思える。また、深見も病院内では手出しをしてこない。将来は自分が継ぐ病院だ。下手なスキャンダルを出すわけにもいかないからだろう。

脱衣所で身体を拭《ぬぐ》い、千昭はラフな服を纏った。

キッチンで食パンを焼き、たっぷりとジャムを塗って食べる。ミルクティーにも砂糖を入れた。甘いものが好きなわけではないが、カロリーが必要だ。冷蔵庫は空に近く、とりあえず買い置きの野菜ジュースを飲んでおく。

ひとりですませる食事にも、もう慣れた。

それから洗濯と部屋の掃除をすると、もう夕方近くになっていた。

夕食はなにか身体にいいものが食べたい。千昭は料理がほとんどできないのだが、マンションの近所に手作りの総菜を売る店がある。味も濃すぎないし、野菜を多く使い栄養のバランスもよさそうなので愛用している。今日もそこで何品か買ってこようと思い、炊飯器に米をセットしてマンションを出た。

街はほの赤い夕暮れ色に染まっていた。

近所だからとカーディガン一枚を羽織《はお》っただけで出てきたことを、千昭は少し後悔する。風は冷たく、ニットの編み目をくぐり抜ける。早足で総菜屋に向かい、ついでにコンビニで電気やガスの払い込みをすませる。口座から引き落とす手続きをすればいいのに、それが面倒でなかなかできない。店舗《てんぽ》の大きなガラスに映る自分は、セットしていない髪とくだけた格好のせいで妙に若く……というよりは、頼りなく見えた。

纏わりつく風に肩を竦めながら、マンションへと戻った。

ふと、エントランスの前にいる男が目に入る。

細身のデニムに、ライダースジャケットの長身。

左腕にフルフェイスのヘルメットを抱え、右手で煙草《たばこ》のパッケージをじっと見つめている。吸っていいかどうか、迷っているらしい。少し離れた歩道の端《はた》には、大きなバイクが停《と》めてあった。

千昭は目を凝《こ》らした。彼だ。

昨日の男だ。金茶の髪が秋風に靡《なび》いている。間違いない。

総菜の入った袋を下げたまま、千昭は突っ立っていた。マンションに入るには、彼のすぐ横を通る必要があるのだが、膝が固まったかのように動かない。

男が千昭を見つけた。目が合う。

千昭は無意識のうちに一歩退《しりぞ》いてしまった。

男は煙草を持ったままで歩み寄ってくる。強請《ゆす》りに来たのだろうか。昨晩のことを喋《しゃべ》られたくなかったら金を出せ……そう脅されるのではないかと思い、身体を固くした。

金茶の目が、千昭を見る。

悪意は感じられないが、友好的な雰囲気もない。

「禁煙？」

唐突にそう聞かれた。

「え？」

「ここは禁煙か？　煙草吸えないのか」

予想外の質問に、しばし千昭は返事を忘れた。瞬《まばた》きをふたつほどしてから、改めて考える。マンションの共有スペースはすべて禁煙だ。ここはまだ屋外だが、マンションのエントランスへ続く小径《こみち》なのでやはり禁煙になるだろう。

「……禁煙のはずだ」

男は僅かに眉を寄せ、ＫＯＯＬのケースをポケットに戻す。

「俺のこと、覚えてるな？」

聞かれて、千昭は頷く。

相手の目を見るのに些《いささ》かの勇気が必要だったが、きちんと視線を絡ませた。怖がっていると思われてはならない。マンションの住人らしき女性がひとり通り過ぎ、直後に振り返って目を見開いた。デニムに包まれた男の脚は、嫌みなほどに長い。

「僕になんの用だ」

「用ってほどでもないがな」

堂々とした、と言えば聞こえはいいが、不遜とも言える喋り方だった。視線のぶれがまったくないのは、ありあまる自信の証拠だろう。千昭としては、できるだけ避けたいタイプである。

「あんた、俺を睨んだだろう？」

「……なんの話だ」

「しらばっくれるな。俺が帰ろうとした時、こっち見て睨んだ」

覚えていたが、千昭は「記憶にない」と言い張った。それでも男は納得しない。

「覚えてないなら教えてやる。確かに睨んだんだ。ついさっきまで怯《おび》えきっていたくせに、火が出そうな目を俺に向けた」

「きみがそう言うなら、そうだったのかもな。……だが、自分をレイプしようとした相手を、笑顔で見送る奴はいないだろう」

「それを俺に言われても困る。騙《だま》されたのはこっちだ。あんたの恋人は悪知恵が働くな」

恋人などと言われて怖気《おぞけ》が立った。馬鹿を言うなという台詞《せりふ》が喉元まで突き上げてきたが、ぐっと堪《こら》える。第三者から見ればそう思われても仕方ない。

「オーナーに連絡が入った。騙したことは悪かったが、あんたは合意の上でのパートナーで、逆らうことは絶対にない。だから今回の件もトラブルにはなり得ない——深見とかいう男はそう言っていたが、本当か？」

パートナーときたか。千昭は顔を歪めて嗤《わら》った。

確かに、千昭は深見に逆らわない。逆らうことなどできない。それを深見は百も承知で「合意の上」などと言ったのだろう。

「違うなら、オーナーにそう報告する。あんたは本気で怖がっていたし……男の恋人がいるにしては、身体がぜんぜん慣れてない。まるでバージンだった」

男の言葉に、千昭の顔が熱くなる。信じられない無神経さだ。いくら今は人の気配がないとはいえ、こんな場所で——総菜を持った手が震えて、袋がカサカサ音を立てる。

「しかも、あいつがクローゼットから出てきた時、あんたはちっともホッとした様子がなかった。パートナーの悪戯だとわかったんだから、安心してよさそうなものなのに」

「……あんたと呼ぶな」

我慢ならず、千昭は顔を上げる。

「え？」

「親しくもない相手からあんた呼ばわりされるおぼえはない。失礼だろう。僕はもうすぐ三十だ。きみよりも年上だと思うが」

ふだんから若く見られがちな千昭は、半分開き直って自らの年齢を明かした。男はふたつほど瞬きをしたあと「三十？」と小さく呟く。いくらか驚いた様子だった。

「なら、俺は三つ下だ」

「きみの歳《とし》なんかどうでもいい。とにかく、帰ってくれ。こんな場所まで来られるのは迷惑だ」

千昭は感情を殺した声で低く告げる。迷惑とまで言ったのに怒る様子も見せず、男はヘルメットを抱えたまま千昭を見ている。

「聞こえなかったのか。帰ってくれ」

「まだ返事を聞いていない」

「なんの返事だ」

「深見伊織は恋人なのか」

しつこい男だった。ああそうだ、と答えてしまえば簡単なのだろう。この態度の大きな男娼に事情を説明する必要はないし、したくもない。

けれど、深見を恋人だとは言いたくなかった。そんな嘘をつけば、口が腐ってしまいそうだ。

「きみには関係ない」

千昭は曖昧《あいまい》に答えるしかなかった。

「はぐらかすな。はっきり答えろ。トラブルはごめんなんだ」

「……恋人ではないが、トラブルにはならない。もういいだろ。これ以上話すことはない」

相手にしていられないと、千昭は男の傍《かたわ》らを通過しようとした。だが大きな手に二の腕をがっしりと摑まれ、それ以上先に進めなくなる。

「逃げるなよ。恋人じゃないなら、トラブルになるかもしれないだろ」

「ならない」

「確証は？」

「しつこいな。僕がならないと言っているんだ。それ以上なんの問題がある」

「あの男がそんなに怖いのか？　あんた、身体に痣があったな？」

「いいかげんにしてくれ！」

男の手を振り払い、千昭は自分でも驚くほどの声を出した。男は一瞬目を見開き、次にはにやりと笑い「いい声が出るじゃないか」と嘯《うそぶ》く。

耳を熱くして男を睨むと、悪びれたふうもなく千昭の顔を見ている。互いに相手から視線を逸らさないので、再び睨み合いのようになった。

「……人の事情も知らないで、嘴《くちばし》を突っ込まないでくれ」

「そりゃ悪かったな。あんたみたいなタイプを見てると、どうにも苛ついてね」

「じゃあ見なければいい」

「俺を見たのはあんただ。言っただろ、あんたが俺を睨んだんだ」

「あんたと呼ぶな」

「千昭が俺を睨んだ」

いきなり呼び捨てにされ、なかば呆れた気持ちで男を見る。

「……あんな目で、俺を睨む奴は滅多にいない」

珍しいものでも見るかのように、男は千昭を凝視して言った。だからなんだというのだ。おまえを睨んだら罰金でも取られるのか。これ以上、僕をどうしようというんだ――叫びたい言葉は胸に渦巻き、けれど千昭の舌に乗ることはなかった。

言って、なんになる。この男を怒らせるだけだ。

諦めることなら――もう慣れている。千昭は男から視線を外し、俯《うつむ》いた。

「俺にはわからない。あんな目で俺を見る奴が、どうしてあの男の言いなりになっている？　恋人でもないのに、なぜあんな目に遭わされて許せるんだ？」

「……帰ってくれ」

「服従するだけの価値が、あの男にあるのか？」

そんなわけがない。そういう問題じゃない。

どうせこの男にはわからない。なにひとつ怖いものなどなく生きる男にわかるはずがない。狩られた経験もない者に……引き裂かれる恐怖は説明できない。

「頼むから、帰ってくれないか。……きみは、目立ちすぎる」

頭を下げて懇願した。ちょうど買い物帰りの中年婦人が通り過ぎる。男が初めて、少し迷う様子を見せた。バイク用のごついブーツが、敷石の上でザリッと動く。

「……わかった。もう帰る」

不服げな声だったが、千昭はやっと安堵する。

「俺は、シン」

聞いてもいないのに、男はそうつけ足した。

「一応伝えておく。『Pet Lovers《ペット ラバーズ》』のシンだ」

それだけ言うと、くるりと広い背中を見せる。

長い脚で歩きだし、バイクの前でヘルメットを被る。黒光りするマシンは地響きのようにエンジン音を唸《うな》らせ、あっというまに見えなくなってしまった。

2

翌日の午前中、千昭《ちあき》は外来診療の当番だった。

寒くなってきたせいか、十一月に入ってから風邪《かぜ》の症状を訴える患者が増えている。中にひとり、先週も来て薬をもらったのだが、まだ咳が止まらないという患者がいた。

「ケホッ……しつこい風邪なんです」

三十代の男性で、先週は別の医師が担当している。カルテを見ると、抗生物質と解熱剤、鎮咳《ちんがい》剤《ざい》が処方されていた。

「解熱剤は、服《の》んでるあいだは効いてるみたいです。でも咳のほうはあんまり……」

喋《しゃべ》りながらも彼はさかんに咳き込《せこ》んだ。重たい咳ではない。肺のあたりがむず痒《がゆ》い感じで、コンコンコンッ、と軽い咳が頻繁に出るのだという。会社では営業の仕事をしているので、取引先と話す時などに困るのだと訴えた。

「肺のレントゲンを撮りましょう。マイコプラズマに感染している疑いもあるので、そちらの検査もさせてください」

「マイコ……？　それはウイルスみたいなものですか？」

患者は不安げな顔を見せた。初めて聞く名称だったのだろう。

「ウイルスではありませんが、病原体の一種です。今はキットで簡単に検査できます。笹森《ささもり》さん、準備お願いします」

はい、と笑顔で看護師が返事し「大丈夫、痛い検査じゃありませんから」と患者に声をかけてくれた。外来の笹森瞳《ひとみ》は、まだ若いがよく気の回る看護師だ。愛想のない千昭は冷たい印象を与えがちなので、明るい笹森のフォローはありがたかった。

検査の結果、キットは陽性反応を示した。

マイコプラズマ肺炎だ。レントゲンには、磨《す》りガラスのような白い影が出ている。入院するほど重症ではないが、しばらくは自宅で安静にしていたほうがいい。点滴を受けてもらい、抗生物質を処方する。

「ただの風邪だと思い込んでる患者さん、多いですよね」

笹森の言うとおりだった。事実、患者のほとんどは風邪なのだが、中には今日のように別の疾《しっ》患《かん》の場合もある。咳が続くと思っていたら、マイコプラズマどころか結核だったケースもあるのだ。患者がいくら「風邪ひいちゃって」と自己申告しても、医師は常に他の疾患を疑ってかかる必要がある。その点を徹底する千昭の外来はどうしても時間がかかり、一部の看護師から「もっと効率よくできないのかしら」と陰口を叩かれてしまうのだ。

「鶉井《うずらい》先生は丁寧に診察なさるので、とても勉強になります」

けれど笹森はそんなふうに言ってくれる。嬉しいのと同時に気恥ずかしく、ついむっつりした口調で「僕は普通だよ」と返してしまった。

「先生、お昼はどうします？」

外来診察が終わったのは、午後三時に近かった。結構な数のスタッフを抱えるこの病院には、職員用のカフェが併設されている。笹森はそこで一緒に食事をしないかと誘ってくれているのだ。べつに千昭に気があるわけではなく、いつもひとりで食事をしている姿を気の毒に思ってくれたのだろう。けれど、カフェは目立つ場所のひとつだ。千昭は「僕はちょっと用事があるから」と笹森の誘いを断った。

そう言った以上、もうカフェには行けない。結局売店で菓子パンと牛乳を買う羽目《はめ》になった。

日中は医師の休憩室代わりにもなっている宿直室で、ひとりでもそもそパンを食べる。

患者にしろ看護師にしろ、千昭が愛想よくしないのは性格の問題だけではない。一番の理由は、いつどこで深見《ふかみ》が目を光らせているかわからないという点だ。

千昭が特定の誰かと親しくなれば、深見は絶対に機嫌を損ねる。

学生時代からずっとそうだった。千昭に友人ができかけると、睨みを利《き》かせるか、あるいは千昭の悪口を吹き込む。あることないことどころか、たいていはないことばかりだ。そのせいで離れていった者も多い。

学生時代は千昭がひとりでいればすむ話だったが、今はもっと悪い。

深見はこの病院で実質、院長の次に権力を持つ立場にある。千昭と親しくした相手が不本意な部署に飛ばされたり、解雇される可能性もある。だとしたら、千昭は誰に対しても距離を置いてつきあうしかなかった。理不尽だが、それが現実だ。受け入れるしかない。ガゼルだってライオンに食われる時、いちいち理不尽さを嘆いたりはしないだろう。

千昭は小さく舌打ちをした。自分をガゼルに喩《たと》えるなんてどうかしている。

シンとかいう男のせいだ。

あの不可思議な……独特の雰囲気を漂わせた男娼《だんしょう》。

千昭はガゼルではない。人間だ。

理不尽さに耐えているのは、理由があるからだ。守りたいものがあるからだ。

空になった牛乳パックを見つめていると、宿直室のドアが開いた。

「あれ。鶉井先生」

「……あ」

ぬう、と入ってきたのは外科の別所《べっしょ》医師だった。この病院で一番愛想がないのが千昭ならば、一番愛想がいいのが別所だろう。甘いマスクでにこにこと笑みを絶やさず「はいはい、痛くない痛くない」と言いながら、それでもやっぱり痛い外科治療をするので、子供からは嘘つき呼ばわりされているらしい。千昭と同い歳だと聞いたことがある。

「ごめんね。邪魔した?」

今日もやはり笑みを湛《たた》えて聞く。

「いえ。僕はもう、行きますから」

「食事は？」

「大丈夫です。すみました」

千昭は立ち上がり、牛乳パックをダストボックスに捨てた。そのまま宿直室を出ようとすると、直前で「鶉井先生」と呼び止められる。

「はい？」

「なんだか顔色悪いよ」

「……ああ、寝不足で」

ふうん、と別所は答えた。

にこにこしているが、心中ではなにを考えているのかわからない。病院で愛想がいいのは深見も同じだが、別所はより徹底している。千昭はこの人が怒っているのを見たことがない。また、別所は深見が珍しく「扱いにくい」と零している人物でもあった。

「あのね鶉井先生」

「はい」

「いろいろ我慢しすぎると身体によくないよ」

「え」

「こないだ、更衣室でちらっと見ちゃったんだ」

なにをですか、とは聞けなかった。千昭はできる限り、病院内で肌を晒《さら》すことはしない。それでも必要に迫られて着替えることは稀《まれ》にある。そんな時は徹底的に人目を避けているつもりなのだが……身体の痣《あざ》を、別所に見られてしまったらしい。

「あれは……なんでもないんです」

咄嗟《とっさ》に言ってしまってから、しまったと悔やむ。ここは「なんの話でしょう」としらばっくれるべきだった。千昭の身体にいつでも痣があるのを認めたようなものではないか。

そう、と別所は軽い調子で答えた。

「先生がそう言うなら、僕が口を出すことでもないか」

「……ご心配かけて……すみません」

視線は合わせずに会釈《えしゃく》だけすると、千昭は慌《あわただ》しく宿直室を出た。

その足で病院の中庭に出る。気持ちを落ちつかせるために、外の空気が吸いたい。まったく……どこで誰が見ているかわからない。別所は人の噂話を無闇《むやみ》とするような人ではないので、それだけが救いだ。

外来棟と入院棟のあいだに位置する中庭は、患者たちの憩《いこ》いの場になっている。よく手入れされた庭木や花壇《かだん》が心地よい空間を作り、小径《こみち》は車椅子がすれ違える幅が確保され、休憩のためのベンチも多い。

ここは院長の提案で造られたスペースだ。千昭にとって義父《ちち》である深見院長は、信頼に値する医師であり、患者に対して細やかな心配りのできる人だ。千昭は義父を尊敬している。唯一の欠点は、自分の息子の本性に気がついていないところだ。

日向《ひなた》のベンチで語らう老人たちに会釈し、人気《ひとけ》のない細い道に入る。

春には白い花をたくさんつけていたエゴノキも、今はさみしい佇《たたず》まいだ。なにをするでもなくぼんやり立っていた千昭だが、いきなり背後から体当たりを食らい、思わず「うわっ」と声を上げていた。

誰かが千昭の腰に抱きついている。

振り返らなくてもわかった。千昭にこんな真似をする物好きはひとりしかいない。

「こら、麻帆《まほ》」

「えへへ」

「病院ではふざけちゃいけないって言っただろ?」

小言とともに身体の向きを変えると、制服姿の麻帆が「だってぇ」と拗《す》ねた声を出す。

「千昭ちゃんがいけないいんだよ。ぜんぜん家に帰ってこないじゃん。先週の約束だって、仕事でダメになっちゃったし……」

妹の麻帆は中学二年、十四歳だ。一緒に買い物に行こうとねだられていたのだが、担当患者の容態が急変して千昭は病院に行かなければならなくなってしまった。

千昭は妹の頭にポンと手を置いた。

「仕方ないだろ、お兄ちゃんは医者なんだ」

「いっつもそれだよね」

「もし麻帆が病気になって苦しい時、どんな医者に診《み》てほしい？　苦しむ患者をほっといて、妹と買い物に行く先生がいいか？」

「麻帆は滅多に病気しないもん。もしそうなっても、千昭ちゃんとお父さんがいるし」

近くにあったベンチに腰掛け、麻帆が笑いながら答える。屈託《くったく》のない笑みにつられて、千昭も微笑むことができた。隣に腰掛けると、鞄《かばん》から缶コーヒーを出して手渡される。院内の自販機で買ったのだろう、缶はまだ温かく、冷えた千昭の手を慰めた。

「買い物なら、また時間作るから」

「ほんと？」

「ああ。ちゃんと休みを取るようにするよ」

千昭が確約すると、麻帆は「よし」とわざと偉そうに言ってみせた。自分のミルクティーのプルトップを開け、小さな唇を尖《とが》らせて飲む。

「麻帆、おまえ化粧してるのか？」

いつもより唇が赤い気がしてそう聞くと「リップクリームだよお」と答える。

「ちょっとだけ、色ついてるけど。でもべつに校則違反じゃないよ？」

「お母さんに心配かけるようなことするなよ?」

「あのねえ、千昭ちゃん。今時、中学生の娘が色つきリップつけたくらいで心配する親なんかいないって。マスカラつけてる子だっているのに。友達の友達なんだけど、親と一緒に睫毛《まつげ》エクステしてきた子もいるんだよ」

「エクステ?」

あーあ、と麻帆が声を出して溜息をつく。

「つけ毛、ってこと。睫毛増やすの。相変わらず世間に疎《うと》いなあ」

中学生に言われては立つ瀬もない。千昭は苦笑しながら「そうだな」と同意した。確かに、仕事ばかりしていると知識が偏《かたよ》る。

「……お母さんの具合は?」

麻帆は小首を傾《かし》げて「変わらないよ」と答える。

「気になるなら、たまには帰ってくればいいのに。……っていうかさあ、べつにウチからでも病院通えるじゃない。なんでひとり暮らしする必要があるの? マンションの家賃もったいないし、ごはんとか、ちゃんと食べてる? なんか顔色よくないよ?」

思春期の女の子というのはとても早口だ。いろいろと言い連ねているが、要は「さみしいから帰っておいでよ」ということなのだろう。そんな妹が可愛くて、千昭の頬が綻《ほころ》ぶ。

「ごめんな、麻帆」

だが、帰るわけにはいかない。

病院だけではなく、自宅でも深見と一緒にいる生活を続けていたら自分は壊れてしまうだろう。今のマンションにしても、いつ深見がやってくるかわからないのだが、一緒に暮らしているよりはひとりの時間を確保できる。なにより家族の前で、仲のいい兄弟を演じなくてすむのだ。

千昭の母と、深見の父が結婚したのは十五年前だ。

身体の弱い母の再婚相手が医師であるのは、千昭にとってもとても嬉しいことだった。優しすぎるがゆえに生きていくのが不器用な母に、経済的な苦労をかけなくてすむのも助かる。

ただし、資産家だけに身内での揉め事もあり、千昭は今のところ義父との養子縁組をしていない。つまり遺産相続権はないのだ。千昭が成人した際、義父から改めて養子縁組の話があったが断った。千昭は死んだ父が大好きだったので鶉井姓を捨てたくはなかったし――養子縁組に関しては義兄である伊織《いおり》が難色を示したからだ。

「お母さんも、千昭ちゃんがいれば安心なのに」

「母さんには父さんがいるだろ？　看護師さんもついてる」

母の絵里子《えりこ》は心臓に疾患を持っている。麻帆を身籠《みご》もった時も、分娩《ぶんべん》には大きなリスクが伴うと担当医は主張した。結局万全を期して出産に踏み切り、幸い母子ともに無事だった。しかしここ数年は寝たり起きたりの生活で、あまり楽観できる容態ではない。そのため、深見家では家政婦のほか、常駐の看護師まで雇っている。

千昭が家を出たいと告げた時、母は穏やかな声で「あなたのいいようにしなさい」と言った。たったひとりで鶉井姓を名乗り続けている千昭を、母はどう思っているのだろう。

「冷たいなあ、千昭ちゃん」

「近いうちに顔を見せるようにする」

「近いうちって、いつよー？　……あ、お兄ちゃんだ」

麻帆の言葉に、千昭は無意識に眉を寄せる。

妹は千昭を「千昭ちゃん」と呼び、深見を「お兄ちゃん」と呼び分けるのだ。スーツ姿の深見がにこにことこちらに歩いてくる。麻帆に向かって軽く手を振り、麻帆も振り返した。

「麻帆、来てたのか」

「うん。千昭ちゃんに会いに来た」

千昭たちの前に立ち、深見は「おまえ、本当に千昭が好きだなあ」と笑う。

「文句言いに来たんだよ。ちっともウチに帰ってこないし」

「そうか。どんどん言ってやれ」

えー、と麻帆は怪訝《けげん》な顔で深見を見る。

「お兄ちゃんやお父さんが、千昭ちゃんをこき使ってるから忙しいんじゃないのお？」

「そんなわけないだろう。鶉井先生は仕事熱心すぎるんだ。俺は頭が悪くて医者になれなかったけど、こう忙しいんじゃならなくてよかったかもな」

冗談交じりの台詞に麻帆が笑う。

千昭も無理やり笑みを作ったものの、内心ではなにを言っているんだかと思っていた。深見の頭が悪いはずがない。患者の前では人当たりのいい病院事務長を演じ、麻帆の前では優しい兄を演じる。そして千昭の前では絶対的な支配者……ここまで完璧に演じわけができるのは、利発さと狡猾《こうかつ》さを併《あわ》せ持《も》つがゆえだ。医師にならなかったのは、単に性格の問題だろう。人の健康や命に、深見はさしたる興味を持たない。

「そろそろ回診《ラウンド》に行かないと」

ベンチから立ち、千昭は言った。麻帆が「もう？」と口を尖らせる。

「麻帆、千昭は仕事中なんだ。わがまま言っちゃいけないよ。そうだ、事務長室においで。美味しいシュークリームがある」

「ほんとっ？　行く行く！」

ぴょんと勢いよく立った妹を連れて、深見は小径を歩きだした。数歩進んだところで足を止め
「ああ、そうだ」と千昭を振り返る。

「今日の仕事がすんだら、顔を見せてくれ。ちょっと相談したいことがあるから」

事務長の声でそう言ったが、顔は支配者の笑みを浮かべている。わかりました——淡々とした声音を装って答えながら、千昭の気分は重く沈む。こんな呼び出しが、週に一、二度はある。そのたびに千昭は睡眠時間と神経をすり減らし、痣を増やす。

「千昭ちゃん、メールするからね！」

それでも妹がこんなふうに笑ってくれるなら……千昭はまだ頑張れる。

病院院長の父。事務長の兄。医師の弟。

優しい母と可愛い妹。

たとえそれが虚像だとしても、千昭は壊したくない。壊せない。

いまさら母になにを言える？

義父にどう訴えるというのだ？

あの事件以来ずっと、義兄《あに》の支配を受けてきましたと？　中学生の頃から、義兄の奴隷《どれい》でしたと？　もし子供の頃に戻ってやり直せたら――何度そう考えたことだろう。そのたび、虚しい想像をする自分を嗤《わら》い、やがて自嘲にも疲れて考えるのをやめた。

虚ろな千昭にも、大切なものはある。

母と妹だけは守りたい。悲しませたくない。

麻帆と深見もまた、血の繋がりは半分だ。深見が麻帆に手を出さないという保証はないし、事実「おまえの代わりがいないわけじゃないしな」と匂わされたこともある。麻帆に手を出すのだけは許さない。刺し違えても妹は守る――千昭は本気でそう思っている。それが伝わっているのか、今のところ深見はよき兄の仮面をつけたままだ。

いつのまにか、手の中の缶はすっかりぬるくなっていた。

近くにゴミ箱はない。千昭は缶コーヒーを握ったまま、病棟へ向かって歩き始める。落ち葉がかさこそと鳴るばかりのはずなのに……ジャラリと重い金属音が聞こえる気がする。

それは千昭の足首に纏《まつ》わりつく、見えない鎖《くさり》の音だった。


その夜、深見はご機嫌だった。

仕事を終えた千昭を「飲みに行こう」と誘い、自分のアウディに乗せる。車は都内の高級ホテルに入り、メインバーの窓際席に案内された。病院の経費で飲み食いする深見につきあわされるのは珍しいことではない。しかしアルコールが入った以上、深見は車を運転できないし、千昭もワインを飲まされた。帰りはどうするのだろうと思っていると、部屋を取ってあると言う。

その時点で、いやな予感はしていた。

さらに妙だと思ったのは、部屋の前に到着した時だ。深見は自分の鍵を使わずに、インターホンを押したのである。怪訝な顔をした千昭に「ゲストがいるんだよ」と笑う。どうやら、なにか企みがあるらしい。

誰がいようと驚いた顔はすまいと千昭は気を引き締めた。それだけが千昭に残された、僅かな矜持《きょうじ》だ。

ほどなく扉が開く。

驚くまいと誓っていたのに、千昭は瞠目《どうもく》してしまった。

彼だ。シン、だ。

二度と会うことはないだろうと思っていた男が立っている。ピンストライプのスーツを纏《まと》い、インは濃いグレーのシャツ。今日もネクタイはせずに、襟《えり》を少し開けている。

シンは千昭と深見を見下ろし、無表情に「遅かったな」と言った。

「バーで飲んでいたんだ。ここのバーはなかなか雰囲気がいい。なあ、千昭？」

酒臭い吐息が耳にかかる。千昭はなにも答えず、黙って部屋の中に入った。大きなベッドがふたつ並ぶツインルームは広々と贅沢《ぜいたく》な設《しつら》えだ。すでにターンダウンもすんでいて、真っ白いシーツが目に染みる。

「先日は申し訳なかったな、ライオンくん」

「シンだ」

ソファに腰を下ろした深見を見据えて、シンは言った。

「ああ、そんな名だったたっけ？　いずれにしてもまた会えてよかった。今日は途中で帰らないでくれると嬉しいね」

「それはあんた次第だな」

「オーナーにさんざんお説教されてげんなりしたよ。今回はなんの問題もない。……千昭、もうわかっているだろう？」

窓の近くに立つ千昭に向かって、深見は問いかけた。シンはちょうど部屋の対角線上で壁に寄りかかり、千昭を見る。

「俺はショーが観《み》たい。ライオンが獲物を貪《むさぼ》り食《く》うショーだ」

「……僕にノーと言う権利があると？」

千昭が覚めた気持ちでぼそりと聞くと、「あるさ」としゃあしゃあと答えられる。

そして、そのあとは？

千昭はその問いを胸の中にしまった。もっと手酷い仕置きが待っているのは間違いない。自分の唇が震えているのがわかったが、それが怒りのせいなのか、あるいは恐怖か屈辱か……冷静な判断ができなかった。

「俺はそんな狭量じゃないぞ。おまえがいやなら、彼にはこのまま帰ってもらう。返金はされないから、かなり損をすることになるがな」

下唇を噛んで、震えを止める。

深見自身が千昭を抱かない以上、いつかこうなることは予測できたはずだ。性的に相手を貶《おとし》めるのは、もっともダメージが大きい。この男がその手段を選ばないはずがないではないか。

相手がプロなのは不幸中の幸いと考えるべきだろう。深見が外聞や世間体《せけんてい》を重んじるタイプでなければ、あえて千昭の知人を使うことだってあり得たのだ。

「怪我《けが》はごめんです。……仕事に支障が出る」

千昭は抑揚なく言った。諦観《ていかん》だけがこの身を守ると信じるしかなかった。

「安心しろよ。ＳＭショーに興味はない。俺が観たいのは、アンアン悶《もだ》えてよがりまくるおまえの姿だ。いつも殴られてばかりじゃあ、おまえも可哀相だもんなあ」

深見は煙草《たばこ》を吹かしながら、ククと嗤う。その煙草を奪って、目玉に押しつけてやりたいと思いながら、千昭は自分の爪先《つまさき》を見た。

「ほら、千昭さっさと服を脱いでベッドに上がれ」

待った、と遮《さえぎ》ったのはシンだ。

「初めてだってのに、なんの準備もなしか？　俺は平気だが、あんたはスカトロショーになったら萎《な》えるんじゃないのか？」

シンの言いようはごく事務的で、それだけにあからさまだった。千昭は眉を顰《ひそ》める。深見も困惑し「趣味じゃないな」と答えた。

「じゃあ、一度バスルームに入らないとな。あんたも見学したいならご自由に。どっちかっていうと医療行為に近いが」

「医療行為は仕事場でたくさんだ。俺は飲みながら待ってる。早くしろよ」

シンに目で呼ばれ、千昭はのろのろと歩く。

広いバスルームに入ると、手招きされた。半ば自棄《やけ》になっていた千昭は「わかってる。直腸洗浄だろう」と無愛想に答えた。こんなことなら、リドカインでも持ってくればよかった。

「それ以前の問題として、ひとつ確認しておく。……いいのか？」

間近で声を低くし、聞かれる。

「なにが」

「このあいだも言ったが、俺は合意のない第三者と関係は持たない」

人を指さしながら、あくまで偉そうな口ぶりを聞かせる。

「その話はもうすんだはずだ。合意してる」

「顔には『強制だ』と書いてある」

「そうか。なら、顔をよく洗って消すさ。——心配するな、トラブルにはならない。あとからきみを恨んだりもしないから」

吐き捨てるように答える。

緊張と怒りと苛だちが混在していた。これから自分を犯す相手に同情されるなどまっぴらだ。なにが合意だ。深見と千昭のあいだに、そんな言葉は存在しない。合意もなければ逃げ場もない。

屈辱と痛みに耐えて脚を開くしかないのだ。

「……煙草吸っていいか？」

「ご勝手に」

シンはシャワーブースのガラスに寄りかかり、スーツの内ポケットからこのあいだと同じ煙草を出して咥《くわ》えた。咥え煙草がえらく様になっている。

「兄弟だっていうのは、本当か？」

煙草に火を点けながらシンが聞く。

「……誰に聞いた」

千昭が眉を寄せると、親指でバスルームの扉を示す。扉の向こうにいる男……つまり深見自身に聞いたのだろう。あの恥知らずなら言いそうだ。千昭はシンに背を向け、洗面台に手をついた。冷たい大理石模様を見つめながら「ああ、義兄だ」と答える。きみには関係ないと突っぱねることもできたのに、わざわざ告げたのは自暴自棄な気持ちからだ。

「血は繋がってないけどな。親が、再婚したんだ」

事実を口に出すと、千昭は鏡に映る自分を眺める。

「深見は僕の義兄で、支配者だ。きみは僕をガゼルだと言ったが、最低なことに飼われてるガゼルだ。草原なんか知らない。檻《おり》の中をうろうろして生きるだけさ」

青ざめた顔の獲物が引《ひ》き攣《つ》り嗤《わら》いを見せていた。情けなくて、いやになる。

「で、きみは僕を食いちぎるライオンなんだろ？　ただし金で動くライオンだ——金がもらえるなら、お手もするのか？」

鏡越しにシンを見る。千昭の嫌みにシンは白い煙を吐きだし、ためらいもなく「相手による」と答えた。煙草を指に挟んだまま、ゆっくりと千昭に歩み寄る。

すぐ後ろに立たれると、強い威圧感があった。

鏡の中の男は背が高く、肩幅が広く、千昭とは質量がまったく違う。

身体つきだけの問題ではなかった。身体の周りに漂う雰囲気がシンをいっそう大きく見せている。金で他人とベッドを共にする男のくせに、少しも卑《いや》しい感じがない。

シンの左腕が千昭を抱え込み、右手はソープディッシュで煙草をもみ消す。

「金をもらう以上、客の要望にはある程度応える。だが、気に入らない奴は別だ」

「えり好みするのか」

「俺はライオンだ。犬じゃない。その代わり、気に入った相手ならお手だろうと、お座りだろうとしてやるさ。火のついた輪っかを用意してくれれば、素っ裸《すっぱだか》でくぐってもいい」

冗談めかした言葉と共に、シンの手が千昭の首から肩にかけて触れる。

「……ずいぶん強《こわ》ばってるな。怖いのか？」

「べつに」

俯《うつむ》いたままで答えた。脈を速めている自分がいやになる。

虚勢を張っているのがわかったのだろう。顎《あご》を摑まれ、無理やり鏡に顔を向けられる。金茶の髪をした男に抱かれている己は、やけに線が細く見えた。牙を持たない、脆弱《ぜいじゃく》な草食動物だ。

「力を抜け。俺はプロだ。つらい思いをさせたりはしない」

「……明日も仕事なんだ」

「もしかして、医者か？」

なぜわかったのかと、鏡の中でシンを見る。

「匂いでわかる。……獣は鼻が利くんだ」

消毒薬の匂いでも染み込んでいるのだろうか。シンは千昭の髪に鼻を埋《うず》めて「気持ちのいい髪だ」と言った。地肌が擽《くすぐ》ったくて、千昭は軽く身を捩《よじ》る。

「俺を好きな奴だとでも思え。そうすれば、少しはリラックスできるだろ」

「そんな相手はいない」

「昔の恋人でもいい。初恋の相手とか」

「……いない。思いつかない。いいかげん放してくれ、準備をするんじゃないのか」

身体をゆすって強い腕から逃れようとしたが、無駄だった。シンは「誰もいない？」と呆れたような声音を聞かせる。

「初恋の思い出もないのか」

「悪いか。放してくれ。深見が苛々して待ってる。あいつの機嫌を損ねたくないんだ」

わかった、とシンはやっと千昭から手を放す。

「シャワーを使うか？　俺は家を出る前にすませた」

「……使う。あと……その、洗浄は」

ああ、とシンが頷いた。真顔で「便秘症か？」などと聞かれ、千昭は顔を赤くする。

「ち、違う」

「なら大丈夫だろ。……医者のくせになに赤くなってるんだ」

からかわれるように、頬を指先で突かれた。シンの口元はにやついているが、不思議と侮蔑された気はしない。長い指はそのまま、言葉をなくしている千昭の前髪を梳《す》いた。一瞬、その指先を優しく感じてしまった自分に驚く。

「気になるなら洗ってもいいけどな。ちょっと待て」

シンは一度バスルームから出て、すぐに戻ってきた。

ポイと投げられたものを受け取ると、携帯用のビデだ。通常は女性が使うものだが、こんな時にも使用するのかと驚く。確かにグリセリン溶液を常に携帯するのは難しい。もうひとつなにかが飛んできた。今度は潤滑剤のチューブだった。

「ドクター相手に細かい説明はいらないな？」

それだけ言って、シンは再びバスルームの扉を閉める。

千昭は渡されたものをまじまじと眺め、溜息をついた。こんなことは仕事でもするだろうと言い聞かせ、必要な処置を行い、シャワーで汗を流す。自分の手が震えているのがわかり、痛いくらいに擦り合わせた。

たいしたことじゃない。

ろくに知らない男だが、美男子だし、ちょっとばかり偉そうだが悪人にも見えない。金持ちが使うクラブならば、性感染症の可能性も低いだろう。深見に突っ込まれるよりマシだと思えばいいのだ。

身体を拭《ふ》き、バスローブを纏う。ドアを開けると、千昭は真っ直ぐベッドに向かった。

ダウンライトがいくつか点っているが、煌々《こうこう》と明るいわけではない。それでもソファに座って水割りを飲んでいる深見からは、ベッドの様子はよく見えるはずだ。千昭は深見に視線を向けないまま、ベッドに上がる。

「遅いじゃないか、千昭」

深見が愉快そうに言った。

「ずいぶん丁寧に洗ってたんだなあ。さあ、いよいよだ。楽しいショーにしてくれよ？　この場合、男でも処女喪失って言うのかね」

顔は見なくてすんでも、にやついたいやらしい声ばかりは防ぎようもない。千昭は返事をしないまま、シーツの上に身を横たえた。

シンはベッドの横に立ち、まず右手の中指にしている銀色の指輪を取ってポケットに入れると、なんのためらいもなく服を脱ぎ捨てていく。高そうなスーツをばさばさと床に落とし、小さなアンダー一枚になった。

精悍《せいかん》な身体つきに千昭は息を呑む。

長い手足と、しっかりした胸板、引き締まった腹部。特に腕の筋肉の隆起が美しく、ギリシャ神話の彫像を思わせる。同性の身体にみとれるなんて、初めての経験だ。

シンの膝がベッドに乗り上げてきた。千昭の上に跨《またが》り、見下ろされる。バスローブの前を開けられて、胸に手を置かれた。浅く灼《や》けた彼の手の甲に比べ、自分の肌はなんて白いのだろう。

「また増えてる」

ぽつりとシンが言ったのは、おそらく痣のことだ。紫色の醜い斑紋《はんもん》をそっと撫で、ゆっくりとシンの身体が下りてくる。

千昭の身体はがちがちに緊張していた。肩にはグッと力が入り、首筋が強ばっている。シンの手と唇はとても優しく千昭の身体を辿ったが、ときどき擽《くすぐ》ったい程度で性的な快楽は得られなかった。それと同時に予想していたほどの嫌悪もなく、吐き気が起きたりもしない。

バスローブの袖《そで》を抜かれる。

千昭はもう全裸だ。膝はきっちり閉じているが、萎えたままの性器は隠しようがない。

「なんだよ、ぜんぜん勃起《ぼっき》してないじゃないか」

すぐ近くで深見の声がする。途端にぶわりと鳥肌が立った。シンに触れられるより、深見の視線のほうが、ずっと嫌悪を感じる。

「千昭、おまえもしかしてインポなんじゃないのか？　いい病院紹介してやろうか？」

水割りのグラスを持ったまま、見物客は千昭を揶揄《やゆ》する。深見は枕元に立ち、しげしげとベッドの上のふたりを見ていた。もう一度千昭の性器に視線をやり汚いものを見るかのように、顔を歪めてせせら嗤う。

千昭の首筋に口づけていたシンが、やおらに身体を起こした。頭を軽く振り、乱れた髪を直すさまは本当にライオンのようだ。

「おい。あんたも参加したいのか」

シンの質問に深見が「やめてくれ。俺はホモじゃない」と不愉快そうに答える。

「ならソファに戻って、おとなしく見物しててくれ。邪魔だから、俺の視界に入ってくるな」

「客に対して注文をつけるのか」

「いいショーが観たいと言ったのは、あんただろ」

深見はフンと鼻息を鳴らし、ソファに戻っていった。千昭の身体から、いくぶん力が抜けたものの、緊張が解けたわけではない。

「……千昭」

唐突に名前を呼ばれて、千昭は自分の上にいる男を見た。

「千昭」

シンもまた、千昭を見つめている。

なにを言うでもなく、ただ幾度も名前を呼んだ。頬を寄せ、耳の横に軽く口づけられる。

頬、額、鼻の頭……まるで恋人同士の戯《たわむ》れのように、他愛のないキスが繰り返された。

「今回、俺は運がいい」

互いの額を触れ合わせてシンは言った。

「運……？」

「抱く相手が好みのタイプとは限らない」

「……僕が好みだと言いたいのか？」

「そう。どうせ抱くなら、きれいな男がいい」

ずいぶん淡々とした顔で褒《ほ》められ、なんだか奇妙な気分になる。

「リップサービスも料金のうちってわけか。だが僕は女の子じゃないから、きれいだと言われても……いっ……」

ゴン、と額で頭突《ずつ》きをされた。さして強くではないが、至近距離なのでびっくりしてしまう。千昭が「痛いじゃないか」とむくれると、シンは「そっちが悪い」と言いながらも、ぶつかった部分に唇を落とす。

「この俺が褒めるなんて、そうそうないってのに、素直じゃないぞ」

「顔の造作で言えば、きみのほうがよほど上だ。そんな相手に褒められてもな」

「へえ。この顔が好きか？」

まともに問われて、口籠《くちご》もる。

千昭は視線を逸らしながら言葉を探した。嫌いではない。けれど「好き」という言葉も違う気がする。羨《うらや》ましい、が近いと思うがそう言うのもなんだか悔しい。

「……犬歯《けんし》が、本当にライオンみたいだ」

返事になっていないという自覚はあったが、いつまでも黙っていられずにそう答えた。いったい自分たちはなにをしているのだろう。お喋りをするためにベッドにいるわけではないのに。

「ああ、この歯か。……これで甘嚙みされるのがたまらないって客もいる」

シンは上唇を軽く捲《めく》り、鋭い犬歯を見せつけた。煙草吸いなのに、綺麗な歯をしている。

「俺は千昭の顔にそそられる」

捲った唇を戻し、ゆっくり舌を這わせた。唾液で濡れた唇から目が離せない。

「確かに、決して派手じゃない。俺みたいに、歩いてるだけで見せ物みたいにジロジロ視線を向けられたりはしないだろう。だが、特別な顔だ。どこにでもあるものじゃない。――最初に睨まれた時、そう思った」

「まだそれを言ってるのか。……特別な顔はきみだろ。ハーフか？」

「たぶんな。母親は日本人で、親父《おやじ》の顔は知らない」

シンはそう答え、千昭の髪に鼻を埋めた。地肌が擽ったかったが、千昭はじっとしていた。

不思議だった。

いやじゃない。シンに触れられるのがいやじゃない。

身体の強ばりもだいぶ緩んできたような気がする。この男からはいい匂いがする。トワレの類《たぐい》ではなくて、彼自身の匂い。少し乾いた草のような……草原に吹く風のような匂いだ。

千昭が行ったこともない、果てなく広い草原。

「肌もいい。……しっとりして、手のひらに吸いつく」

心臓の上にそっと手のひらを置かれて、自分の心音がずいぶん跳ねていることに気がついた。

「俺の経験則で言うと、こういう肌はすごく感じやすい。たとえば……」

「あ」

耳に口づけられ、ぽろりと声が零れた。

自分に驚き、千昭は奥歯を噛む。それを許さないとでも言いたげに、シンは深く口づけてきた。

前回、いきなり襲われた時には唇同士の接触はなかった。

「……っ……！」

千昭の口の中に、シンの舌が入り込んできた瞬間、思わずがっしりした肩を押し返していた。

情けないことだが、まともな口づけはこれが初めてなのだ。知識はあったが、経験がないので身体が仰天してしまっている。

「……どうした」

少し意地悪な調子で、シンが聞く。

「な、なんでもな……」

「大丈夫だ。力を抜いてろ。顎の力も……そう、楽にしてていい。キスがすごく気持ちいいことを、教えてやる」

シンの言葉は嘘ではなかった。

口と舌は栄養を摂取するためだけにあるわけではないと、千昭は初めて知る。シンの肉厚な舌が、千昭の舌を搦《から》め捕《と》る。乱暴ではないが情熱的な口づけに翻弄《ほんろう》され、吐息が乱れてしまう。シンの舌は千昭の口じゅうを探索し、歯の表面をぬらりと舐め、上口蓋《うわこうがい》を擽った。

動いているのは舌だけではない。

両手が千昭の身体を辿っている。髪を撫でられて、首に下り、指先で鎖骨を辿られた。そのたび肌の上に微電流のような刺激が生まれ、千昭は困惑する。産毛がさわさわと波打つ感覚は悪寒からではないものの、まだ快感といえるほどに育ってはいない。

シンの手が、平らな胸を大きく撫でる。

と、指先がかりっと尖った乳首を引っ掻いた。

「……っ……」

なにかが小さく弾ける。

薄い膜を纏ったなにかが身体の奥で弾けて、中からとろりと快楽物質が零れ出る——口の中で、魚卵《ぎょらん》の粒を押し潰した感じに似ているかもしれない。

尾《び》てい骨《こつ》がぞくりと疼《うず》いた。

千昭の反応に気づき、シンは唇で胸を辿った。わざと乳首を掠《かす》めるように素通りし、千昭をしばらく焦《じ》らしてから、そこをべろりと舐める。

「……ん……っ」

かろうじて声は嚙んだが、吐息は乱れる。

「ここ、いいのか？」

違う、と頭を振ったものの、身体は嘘をつけない。

充血した乳首がぷつんと立ち上がり、シンに吸われるたびに甘い痺《しび》れが背骨に走る。舌で掘り起こすようにされるとたまらなかった。

チュッと音を立てて吸われれば、耳を塞《ふさ》ぎたいほどに恥ずかしいのに、どうかすると自分で胸を押しつけるようにしてしまう。男のくせに乳首でこんなふうに感じるなんて、自分はおかしいのではないか。千昭は「そこ、もういいから」と逃げようとしたが、力ではシンに敵わない。

「あ、あ……っ」

犬歯で引っ掻かれて、声をあげてしまった。きっと深見に聞かれただろう。慌てて唇を嚙むとシンが顔を上げ、唇の合わせ目に舌を這わせてきた。

「声、嚙むな」

「で、も……」

「その掠《かす》れ声《ごえ》、すごくくる……ほら……」

ぐり、と押しつけられたそこはもうすっかり硬くなっていた。まだ半勃《はんだ》ちの千昭よりずっと反応している。

手首を握られ、アンダーの上から触らされた。恐る恐る手を添えてみると、とても熱い。握るように力を入れると「う……」とシンが色っぽく呻《うめ》いた。

こんな反応もサービスのうちだ、そうわかっているのに鼓動がまた跳ねる。千昭はシンの髪に触れてみた。シンは微笑み、千昭の耳を甘噛みする。

「ふ……」

またひとつ、快楽の粒がぷちんと弾けた。

乳首や耳ばかりではない。自分でも知らなかったが、千昭の身体には信じられないほどの粒が隠れていたらしい。

これはどういう現象だろう。

人間の皮膚感覚というのは、こうもいきなり変化するものだろうか。皮膚の上で、下で、あるいはもっと深い部分で――弾けては蜜《みつ》を零し、千昭の息を乱して、知らない世界へ連れていこうとする。千昭だって男だから、局所的な性的快感は知っていた。淡白なほうだとは思うが、自慰をすればそれなりの快楽はあった。

けれど、今得ている感覚はそれとはまったく違う。

「ん……っ」

シンの舌が鎖骨を辿る。そんな場所で性感を得られるなんて、想像したこともない。

おかしな喩えだが、自分の身体はずっとラップフィルムにでも包まれていたんじゃないかと思うほどだ。透明な薄い膜が初めて外され、今、本当の人肌を感じている。

「ふあっ……」

股間を柔らかく刺激されながら、首筋を吸い上げられると、喘《あえ》ぐような声が漏れてしまう。深見に聞こえただろうか。どうしても、ソファのほうが気になってしまう。千昭の位置から深見の顔は見えないが、凝視されている気配は伝わってくる。

「千昭、俺を見ろ」

熱い吐息と共にシンが言い、チュッと音を立てて唇を吸われた。

「他の男を気にしてる場合か？　俺だけ見て……俺だけ感じていろ」

まるで妬《や》いているように言われ、胸がときめいた。わかっている。これはシンの演技だ。今夜限りの芝居だ。

……けれど、芝居ならば、千昭も役者として参加していいのではないか？

どのみちこの男に抱かれなくてはならないなら、自ら望んで抱かれている芝居に……あるいは錯覚に、陥《おちい》ってしまえばいい。

「千昭」

ベッドに入る前までは不遜なばかりだった声に、甘い色香が滲《にじ》んでいる。

ほら、この男はいい役者だ。千昭を巧みに引っ張っていってくれる。このあいだは猛獣そのものだったのに、今はまるで本物の恋人のように扱い、感じさせる。

千昭は大きな呼吸をひとつして、ゆっくりとシンの背中に腕を回す。

今夜だけ、自分のすべてをこの男に委《ゆだ》ねようと心を決める。

その意思はすぐシンに伝わった。

動きが大胆になり、千昭ははしたないほど大きく脚を広げられる。つい膝に力が入ったが、閉じようとはしなかった。

身体中に愛撫と甘噛みが降り注ぎ、千昭はいつしか深見の存在を忘れ去っていた。

3

自分の中に、知らない自分がいた。

二十九年間、表面に表れることのなかった自分だった。千昭《ちあき》の喉から、千昭の知らない嬌声《きょうせい》を発し、千昭の目から、千昭の知らない悦楽の涙を流した。

口走った言葉のいくつかを覚えている。

いや、いい、やめて、やめないで、もっと――支離滅裂だ。

ベッドの上で四《よ》つん這《ば》いにさせられ、シンはシックスナインの形で千昭の下に入り込んだ。そのままフェラチオされ、同時に後ろを指で弄《いじ》られる。ゼリーを纏《まと》った指が沈み、千昭の内部で蠢《うごめ》く。急所を咥《くわ》えられているので逃げようもない。シーツを握りしめたまま、千昭は喘《あえ》ぎ続《つづ》けた。

前立腺裏を擦られると、上体を支えているのすら困難になった。

千昭は肘《ひじ》をベッドにつけ、目の前にあるシンの屹立《きつりつ》に頬ずりした。自分とは色も形も微妙に違う逞《たくま》しいものを口淫《こういん》したかったが、呼吸すら整ってはいないし、下手をすると噛んでしまいそうだ。他人の、しかも同性の性器に口づけたいと思うなど、信じられなかった。おそらくシンは、千昭の奥深くに隠れていた肉欲の獣を引きずり出すことに成功したのだろう。

身体が内側から燃えていた。

指の先、髪の先まで過敏になっていた。シンが屹立から唇を離し、千昭の内腿《うちもも》を噛む。結構な力が込められていたのだが、痛みですら快楽に変換されてしまう。歯形のついた白い内腿を舐めながら、指は二本に、そして三本へと増えていった。

自分のそこがヒクヒクと収縮し、準備を整えているのがわかった。

人体を診《み》る医者として、直腸で性感を得られるという知識は持っていた。同時に、それには個人差があることも知っており、自分は無理だろうと思っていて——その予想は裏切られた。

官能小説的な「疼《うず》く」というのがどういう感覚なのか、千昭は初めて経験した。

自分ではどうしようもない身体の内側……そこに強い性感を見つけてしまった時、ここまで人間は乱れるものかと思い知った。

もういい、もう挿《い》れて——自ら放ったその言葉を思い出すたび、千昭の全身はカッと熱くなり、貫《つらぬ》かれた衝撃を反芻《はんすう》する。

「先生？　鶉井《うずらい》先生？」

笹森《ささもり》に呼ばれて、ハッと我に返る。

午前の診察を終え、それまで保っていた緊張感が一気に抜けたのだろうか。椅子に腰掛けたままでぼんやりしていた。最後の患者のカルテを手にした笹森が、心配げに千昭を見下ろしている。

「どうしました？　珍しくぼうっとされてますね」

「いや……うん、少し風邪《かぜ》気味なのかな……」

「測ります？」

消毒した体温計を差し出してくれたが、千昭は「たいしたことはないよ」と首を横に振った。

職場であんな記憶を辿っていた後ろめたさから微笑むと「よかった。ご機嫌は悪くないみたいですね」などと言われてしまう。

「あ、さきほど病棟から連絡があって、明後日のカンファレンスですが時間が変更になったそうです。午後四時からの予定が五時になりました」

「はい。了解しました」

「……先生、なにかいいことありました？」

「いや。どうして？」

笹森はにやにやしながら千昭をじっと見て「なんとなく、顔のつやいいですもん」などと言う。

「気のせいだよ。いつもと同じだと思うけど」

意識して平淡に返したものの、内心ではどきりとした。笹森はふだんから、患者の顔色や、ちょっとした様子の変化によく気づき、千昭に伝えてくれる。細かな観察力があるのだ。そんな彼女に指摘されるのだから、実際に千昭の血色はいいのだろう。

シンに抱かれたのは一昨日だ。

一晩で、千昭は三回達した。最初と二度目はシンに貫かれながら、その手の中に。

最後は彼の口腔内《こうこうない》に放った。嵐のような快楽に翻弄《ほんろう》され、そのまま墜落するように眠りに落ちた。深見《ふかみ》の存在すら、途中からは忘れていた。自分に襲いかかる快楽の波に揉まれ、溺れないようにするのに精一杯で、深見の視線を気にする余裕はなかったのだ。翌日、下半身はかなり怠《だる》かったが、なんとか一日保《も》たせた。その日は仕事を終えて自宅に帰ると、子供のように早寝してしまい、おかげで今日は気分もすっきりしている。

不思議な男だった。

別の相手だったら千昭は快楽どころか痛みしか与えられなかっただろう。だがシンは千昭を巧みに誘導し、一晩だけの錯覚を起こさせてくれた。誰にも屈しない、獣のような男に愛されているのだという錯覚。ライオンの餌食《えじき》ではなく、番《つがい》の相手のように。

草原の匂いがする男だった。

身体を売っているというのに、少しも卑屈さがなかった。買っている側である深見のほうが、よほど卑屈で矮小《わいしょう》に見えたほどだ。シンはむしろ堂々としていて……立派に育ったがゆえに、群れから追い出された、若い雄《オス》ライオンのようだった。

「あ、あと、事務長がお呼びです。さきほど内線がありました。診察が終わったら、事務長室に来てほしいとのことです」

「そう。わかりました」

何げないふりで答えながらも、背中がひやりとする。

シンに抱かれた翌朝、目覚めた部屋に千昭はひとりだった。シンはともかく、深見がいなかったのは解《げ》せない。こんなことは初めてだ。

ホテルの清算はしてあったが、伝言はない。昨日は突然部屋に来るのではと、いくらか覚悟していたが結局来訪はなかったし、携帯も鳴らず、メールも入らなかった。

千昭とシンの交合《こうごう》を見て、パーフェクトなヘテロセクシャルを自称する深見は気分を害したのだろうか。気持ち悪い奴らだと嫌気がさして帰ったのか。あるいは別の感情が生まれたのか。

いずれにせよ、こんなふうにタイムラグがあったあと——深見はいつもより残酷になる場合が多い。それを考えると憂鬱《ゆううつ》だった。

覚悟を決めるため、千昭はことさらゆっくりと手を洗ってから、事務長室へと向かった。事務長室は一番上のフロアで、院長室と並び合っている。

エレベータを降りると、ちょうど廊下を歩いていた深見がいた。

「ああ、先生。ちょうどよかった」

人当たりのいいハンサムがにっこりと笑う。すれ違った女性の事務員が、深見を見て頬を染めて会釈《えしゃく》をする。この病院に勤める者のほとんどが、深見に好意を抱いている。深見に食事に誘われて、断る者は少ないだろう。けれど深見はそうしない。恋人は作らない、作れるはずがないだろうと、千昭を責め続ける。

「ちょっとお話があるんですが、いいですか?」

「……はい」

ふたり並んで歩く。このフロアに病室はないので、人影は多くない。さきほどの事務員がいなくなると、廊下にふたりきりとなった。

「こっちだ」

「え」

思ってもみなかった扉が開く。

四畳ほどの空間に、棚が並んでいた。備品室と呼ばれているが、実際はほとんど使われていない物置だ。棚に収まっているのは埃《ほこり》をかぶった段ボール箱で、中になにが入っているのかは千昭にもわからない。

戸惑う千昭の背を押し、深見は後ろ手でドアを閉める。すぐに施錠し、小さな鍵はポケットにしまった。

「……事務長？」

いやな予感がした。

深見は暗い目つきのままにやりと笑い、ポケットから煙草《たばこ》を取り出して咥《くわ》え、火をつけた。白い煙が狭い空間に広がっていく。深見は煙草の灰を直接床に落とした。もともときれいとは言えない床が、さらに汚れる。数歩歩いて、咥え煙草で棚に寄りかかる。

「膝をつけよ」

命じられ、千昭は固まった。

こんなところで跪《ひざまず》かせ、いったいなにをしようというのか。

無言で深見を見返すと、ベルトを緩めながら「さっさとしろ、淫乱《いんらん》」と罵られる。

「なにぼけっと突っ立ってんだ。俺の前に跪いて、おまえの大好きなもんを出して咥えろ」

千昭は絶句し、動けない。

今まで、深見は千昭に口淫《こういん》などさせたことはなかった。深見にとって男同士のそういう行為は、穢《けが》らわしいものだったはずだ。まして病院内でなど——考えられない。

千昭にとってこの職場は聖域だ。穢してはならない場所だ。自宅やマンション、あるいはホテルでどれほど苛《さいな》まれようと我慢してきたが、院内だけは避けたかった。

深見が苛《いら》ついた声で「千昭」と呼ぶ。

「い……いや、です」

「なんだと？」

「ここで、そんなこと……できるはずない。見つかったら、義兄《にい》さんだって困るはずだ」

後ずさりながら千昭が拒むと「だから鍵かけただろうが」と返される。

「今さらフェラくらいでガタガタ言うなよ。おまえだって、スリルがあるほうが楽しめるだろ？なにしろ鶉井先生は、見られながらだとノリノリだもんなあ。自分がどんだけケツ振ってたかわかってんのか？」

シンとのことを言っているのだ。

自分でお膳立てをしておいていまさらなにをと思いつつ、どれほど乱れたか自覚があるだけに千昭はなにも言い返せなかった。熱くなった顔を俯《うつむ》かせると、深見が歩み寄ってきて、強く腕を引かれる。

そのまま肩を押され、千昭はリノリウムの床に膝をついた。

顎《あご》を痛いほど強く摑まれる。深見はファスナーを下ろし、まだ柔らかい自分の性器を摑み出して千昭の口に押しつけた。ぐにゃりという感触と、かすかな尿の臭いを感じる。

「口を開けろ」

深見が唸《うな》るように言う。

ますます強く押しつけられ、千昭はギュッと目を閉じる。頬にチクチクと陰毛が触れた。だが、それは左側だけ――深見の下腹の右側に、陰毛は生えていない。

「殴られたいのか千昭。ちゃんと目と口を開けろ。誰のせいでこんなふうになったと思ってるんだよ。ええ?」

髪を摑まれ、頭皮が引《ひ》き攣《つ》る。

深見の機嫌は最悪だった。病院でこんな真似をするリスクよりも、自分の苛つきの解消を優先させている。もう一度千昭が拒絶したら、本当に殴るだろう。その痛みよりも、看護師たちから「その顔、どうしたんですか」と問われるのが怖い。

観念して、千昭は目と口を開けた。

目を上げると深見と視線が合う。従順の意思を表すため、口を開いて舌を出す。最初に、性器ではなく、そのすぐ上に広がるケロイドの皮膚を舐めた。

髪を引っ張る深見の力が少し和《やわ》らぐ。そのまま舌を、性器へと這わせる。皮膚に不自然な隆起があり、それが千昭を呵責《かしゃく》する。おまえのせいだと、責め立てられる。

深見の性器周辺にできたケロイドは、火傷《やけど》が原因だ。

下腹右側から性器の上部三分の一ほどに無残な痕《あと》が残っている。深見が十七歳の時の事故で、中身の沸騰した鍋《なべ》がガス台から落ちた。落としたのは十四歳になったばかりの千昭だ。

最初は単なる口喧嘩《くちげんか》だった。

あの頃からすでに、千昭はなるべく深見に逆らわないようにしていた。けれど母の悪口を言われるのは我慢がならなかった。深見は母を金目当ての売女《ばいた》呼ばわりし、初めて千昭は深見に食ってかかった。

先に手を出したのは深見だ。千昭を殴り、そのまま摑み合いになった。体格では敵わないと、闇雲《やみくも》に暴れた千昭の手が、鍋の取っ手に当たり――温め直していたカレーは、喧嘩沙汰のあいだにふつふつと煮えたぎっていた。また、深見が薄手のパジャマしか着ていなかったのも運が悪かった。たとえば、ジーンズでも穿《は》いていたら、火傷の程度はずいぶん違ったはずだ。

命に関わる火傷ではなかった。

だが、焼けただれたのはデリケートな場所だ。深見が負った精神的な傷は大きかった。まして十七といえば、多感な年頃である。

——おまえのせいだ。

事故の後、ケロイドの残った性器を露《あらわ》にして深見は千昭を責めた。

——こんなふうになって、俺はもう終わりだ。彼女も作れない。セックスもできない。おまえのせいで、人生はめちゃめちゃだ。いっそ死んだほうがいい……。

死なないでくれと、千昭は懇願した。

——僕が悪かった、義兄さんごめんなさい、なんでもするから、言うことを聞くから死ぬなんて言わないで。

正直に言えば、最初から義兄のことはあまり好きではなかった。頭と愛想はよく、けれど気分屋で、大人にはいい顔をするが、自分より弱い者には容赦がない。母の再婚によって深見家に来た千昭に対しても、多少蹴っても鳴かない犬程度に思っている節があった。

だからといって、こんな大火傷を負わせるつもりなどあるはずもない。千昭もまた、自責の念に駆られて苦しんでいた。もし自分に鍋の中身がかかっていたら……同じように義兄を恨み、責めていただろう。一方で義父《ちち》は千昭を叱らなかった。喧嘩をしていたのはふたりなのだから、ふたりとも悪いと言った。けれど義父の態度は深見をますます怒らせ、千昭への態度は見えないところで酷くなっていった。

母は泣いて深見に詫《わ》びた。土下座して、ごめんなさいと床に頭を擦りつけた。

「……ぐ……」

「ほら……喉、開けよ……っ」

喉奥を犯されて、嘔吐《えず》きそうになる。

深見の性器は、機能的には問題ないと、義父から聞いていた。それでも他人に下半身を見せることはできないと義兄は繰り返した。特に好きになった相手には絶対に知られたくない、こんな醜いものは見せられないと。

火傷してから二年ほどたった頃だろうか、千昭は思いきって言ってみた。

好きな子がいるなら、火傷のことを話してみたらどうだろう、と。義兄さんが悪いわけじゃないんだし、きっと受け入れてくれる子もいるよ……と。

その時のことは忘れない。

義父も母もいない夜だった。千昭はこれでもかというほど殴られた。口の中を血だらけにして蹲《うずくま》る千昭のズボンを引きずり下ろし、深見はナイフを翳《かざ》してみせた。血走った目は憎しみの色に満ちて千昭を凝視していた。

――おまえになにがわかるっていうんだ、おまえのにも傷をつけてやる。いっそ切り落としてやろうか、おまえのケロイドのないそいつを、俺のと換えてくれよ、なあ、ほら！

恐ろしかった。

本当に切り落とされるかと思った。

結局深見はナイフを放りだし、その代わりのように千昭を殴り続けた。本格的な暴力は、あの夜から始まったのだ。

償わせてやる、と深見は呻《うめ》くように言った。

おまえは一生俺の言うことを聞け。彼女なんか作らせない。おまえひとりにいい思いなんか絶対にさせない。絶対、絶対——。

あれから、もう十五年になるのだ。

「……っ……いいぜ、千昭……」

深見の息づかいが荒くなる。

「こないだは……見物《みもの》だったな……おまえ、自分がどんな声出してたか覚えてるか……？ メス豚《ぶた》だって、もうちょっと恥ってもんを知ってるだろうよ。あんあん言いながらよがり狂いやがって……義兄として、俺は恥ずかしかったぜ……」

辱《はずかし》めの言葉に、耳を塞《ふさ》ぎたくなる。けれど千昭は必死に舌を動かした。とにかく早く終わらせたかった。出すものを出せば、深見の気も済むのではないかと思った。

「……堅物の鶉井先生が、肛門に突っ込まれて喜ぶホモ野郎だってわかったら……患者もスタッフも驚くだろうなあ……ほら、音立てて吸えよ。下手くそが。ジュブジュブいわせんだよ……っ、……そうだ……く……」

深見は指に挟んでいた煙草を、再び咥えた。

千昭の髪を握って、自らも腰を振り始める。これは殴られるより苦しかった。喉奥まで犯され、涙が滲《にじ》む。煙草の灰が降ってきても、よけようがない。

「……うっ……」

達する寸前、深見はそれを千昭の口内から引き抜いた。

摑まれた髪はそのままで、びしゃりと顔に粘ついた液体がかかる。

千昭は咄嗟《とっさ》に目を閉じて、深見の精液を顔で受ける。深見は自分のものを握り、最後の一滴まで使って千昭の顔を穢し、それればかりか「ほら。目ェ開けて、きれいにしろよ」と雫《しずく》の残る先端を唇にぐにぐにと押し当てた。

精液の乗った重い瞼《まぶた》を上げる。睫毛《まつげ》のおかげで、それが目に入ることはない。

千昭は深見の先端を含み、青臭いものを舌で拭《ぬぐ》った。頬を伝うどろりとしたものが、顎まで垂れるのがわかる。深見は満足げに息をついたあと、煙草をひとふかしした。跪いたままの千昭を見下ろして「きったねえな」と嗤《わら》う。

「そのへんに、雑巾《ぞうきん》くらいあるはずだ。ちゃんと拭いてから来いよ。ザーメンくせぇドクターじゃ患者に申し訳ないだろ?」

座り込んだまま、千昭は頷いた。

ぼんやりとしたまま、着替えをどうしようと考える。

白衣は替えがあるからいいとして、ワイシャツの予備はどうだったろう。ロッカーに一枚くらいあったような気もするが——。

「ぐっ、あぅッ！」

突然襲ってきた衝撃に、千昭は声を上げた。

深見が千昭の畳《たた》んだ膝の少し上、大腿部《だいたいぶ》に靴のままの足を乗せてぐりぐりと踏みにじったのだ。

「こらこら、そんなでかい声出すな」

楽しげに深見が笑い、千昭から足を下ろす。

くっきりついた靴跡と、潰れた煙草の吸い殻——スラックスの下で自分の皮膚が焦《こ》げているのをはっきりと感じ、千昭は顔を歪める。最初は衝撃だったものが明確な痛みに変わり、背中にどっと汗をかく。

「じゃ、お先にな」

深見がドアの鍵を開けて、立ち去る。

千昭もいつまでもこんな場所にはいられない。息を詰めて立ち上がったものの、すぐによろけてしまった。

かろうじて、壁に寄りかかって立つ。白衣を脱いで精液まみれの顔を拭い——その時初めて、自分の目から涙が流れていることを知った。

「……っ……」

丸めた白衣を抱え、千昭は歯を食いしばった。

泣いている場合ではない。今日は午後からも外来診察がある。泣く暇などない——そう思っているのに、涙はあとからあとから流れ出る。

白衣に顔を埋め、千昭は少しのあいだ嗚咽《おえつ》した。


ワイシャツの替えはあった。

スラックスの焦げはどうしようもなかったが、上から白衣を着ていれば隠せる。だが手当てくらいはしておかないと、あとで厄介なことになりかねない。

逡巡の末、別所《べっしょ》のもとを訪れた。別所は千昭の顔を見てすぐに、なにかを察したらしい。ごく自然に看護師たちを人払いし、診察台に座って「患部を見せて」と指示した。

「うん。火傷としては浅いね。繊維が癒着してるから、洗うよ」

遠慮なく洗浄されれば当然痛い。千昭が呻き声を堪《こら》えていると「痛くない痛くない」と笑いながら言われた。

「はいはい、終了。あとはドレッシング材貼るだけ」

ドレッシング材とは、患部を湿潤状態で保護する、言ってみれば絆創膏《ばんそうこう》の代わりである。従来の消毒してガーゼをあてるという方法より治癒が早いのだ。もちろんケースにもよるが、この数年、外科の治療法は湿潤治療にスライドしつつある。

「……すみません、お世話かけて」

「いやいや。鶉井先生、煙草吸う人だっけ？」

「これは……隣の人の煙草が、たまたま落ちてきて」

見え透いた嘘を、別所は「あ、そう」と笑って受け止めてくれた。

「どうする？　ロキソニンくらい出しとく？」

「いえ……たぶん大丈夫です」

抗炎症剤を服用するほどではないだろう。痛みが強くなるかもしれないが、手持ちの鎮痛薬がある。お大事に、と別所に見送られる。最後まで問い詰められることはなかった。それが別所の優しさなのか、無関心なのか、あるいは面倒を嫌う性格なのかはわからない。いずれにしても、今の千昭にはありがたかった。

なにも考えないようにして、粛々《しゅくしゅく》と午後の診察をこなす。

火傷はちりちりと痛み、心はもっと深く傷ついていたが、無視するように努めた。いつもこうだ。自分自身の心を騙《だま》す術《すべ》ばかりが上達する。

最後の患者を診終《みお》えた時、外科待合が騒がしいのに気がついた。

どうしたのだろうと思っていると、様子を見に行った笹森《ささもり》がすぐに戻ってくる。

「先生、ちょっとまずいです」

「どうしたの」

「患者さんが……いかにもそっち系といった感じの患者さんたちが、騒いでて」

千昭はすぐに席を立ち、待合に出た。なるほど、いかにもチンピラ風情《ふぜい》の男が三人、外科外来の若い看護師に食ってかかっている。今日の外科はかなり混雑しているようだ。

「だからあ、こっちを先に診てくれって言ってんだよ！　ほらほらっ、こんなに血が出てるじゃねえか！」

「しゅっ、出血は止まってますので、静かに座ってお待ちくださ……」

「兄貴は痛いって言ってんだよ！」

「ですが順番なので……」

「少しくらい融通きかせろよ！　気の利《き》かねえ医者だな！」

派手な刺繍《ししゅう》入りのスカジャンを着た若者が、ドカッと壁を蹴る。白い壁にできた靴跡に顔をしかめ、千昭は三人に近づいていった。途中、ちらりと外科外来の担当医をチェックする。入り口近くに表示された医師名は田中《たなか》となっていた。厄介事を嫌う、気の小さな中年医師だ。この場に出てくることはないだろう。

「お静かに願います」

相手を刺激しないよう、ことさら穏やかに千昭は言った。

「なんだてめえ」

耳にピアスをつけた男が千昭を見た。当の怪我人《けがにん》は一番の兄貴格らしく、安っぽいスーツを纏《まと》って長椅子の端に腰掛けていた。怪我は手の甲で、上からガーゼで押さえている。看護師も言っていたように、出血は止まっていた。顔色も悪くなく、千昭を睨《にら》みつける元気もある。

「内科の鶉井と言います。診察は原則、順番で行われます。お待ちください」

「兄貴は怪我してんだよッ」

「外科の患者さんはどなたも、怪我をしています」

なんだと、とピアス男が気色《けしき》ばみ、千昭の胸ぐらを掴んだ。患者たちは千昭らを遠巻きにし、看護師たちもどうしたらいいのかわからず戸惑うばかりだ。誰かが「おい、警備員を呼べ」と言っているのが聞こえた。

「……他の患者さんに迷惑です。静かに、お待ちください」

「待ってるあいだに、兄貴の手が動かなくなったらどうすんだよ。てめえ責任取れるのかっ」

「それほど深い傷には見えませんが」

「診察しなきゃわかんねーだろうがっ！」

先に看護師がある程度、傷の状態は確認しているはずだ。

その時点で緊急だと判断されれば順番を早めている。が、それを説明したところで、この連中には通じないだろう。

「医者だからって、偉そうにしてんじゃねえぞ、コラッ」

男の怒号が待合の廊下に響いた。

ネクタイのノットを摑まれたまま、千昭はぐらぐらと揺さぶられる。

この程度の暴力など子供騙しだ。さっき深見にされたことに比べればなんでもない。それでも、周囲の動揺がこれ以上広がるのは避けたかった。面倒が起きる前に、別室でさっさと診察と処置をすませるよう、田中に相談すべきだろう……そう思っていた千昭の背後に、何者かが立つのがわかった。

自分よりずっと背の高い、大きな影。

ぬう、と千昭の肩越しに手が出てくる。

そして千昭のネクタイを摑んでいたピアス男の頭から額にかけてをむんずと摑んだ。大きな手の中指に、銀色のごつい指輪が光る。頭蓋骨《ずがいこつ》のデザインに見覚えがあった。

「なっ……なんだ、てめえ！」

スカジャンがいくぶん及び腰になりながらも怒鳴る。スーツ姿の兄貴も、顔色を変えて椅子から立ち上がった。

背後の男の左腕が、千昭を守るように包む。

そして右手は、ピアス男の頭を放り投げるように離した。ピアス男はバランスを失い、三歩ほど後ろにバタバタと下がり、奇妙な踊《おど》りのようにたたらを踏む。

「こっ、この野郎！」

後ろに立っているのが誰なのか、千昭にはもうわかっていた。

乾いた草原の匂いがしているからだ。

シンが千昭から手を放し、ずいと前に歩む。三人の男たちはシンを見上げた。一番背の高い兄貴分でも、シンより十センチは低いだろう。今日のシンは漆黒《しっこく》のスーツを纏い、サングラスをかけている。三人の男がチンピラならば、シンは大物マフィアの風格だ。

「な、なんだよ、おまえは」

やっと口を開いた兄貴分だが、明らかに臆《おく》している。シンはなにも答えずに、サングラスを取った。金茶の瞳でチンピラたちを眺め、ぐるりと首を回す。たてがみのような髪がパサリと揺れ、狩を始めるライオンが準備運動をしているかのようだ。

「持っててくれ」

サングラスを差し出され、千昭はそれを受け取った。

シンが二歩進み、男たちとのあいだを詰める。男たちはじりっ、と後退した。スカジャンがピアス男に「や、やばくね？」と囁《ささや》く。

スカジャンの意見は正しいと言えた。

外科外

素人目《しろうとめ》にも、はっきりとわかる。

シンとこの三人では、相手にならない。数でどれだけ勝っていようとだめなのだ。及び腰になりながら唸《うな》る駄犬が、百獣の王に敵うはずもない。

シンはさらに一歩進む。

そしてふと思い出したように千昭に顔を向け、今度はスカルの指輪を外した。千昭の手の中にそれをポトリと落とし「これ、危なくてな」と気負いなく喋《しゃべ》る。

「ちょっと相手の鼻を撫でただけのつもりなのに、すぐ折れる」

ひ、とスカジャンが息を詰まらせ、兄貴分の袖を引っ張った。

「い、行きましょう兄貴。こんなヤブに診てもらわなくても」

「そうスよ。も、もう血も止まってるし」

チンピラたちは足早に立ち去っていった。一応怪我人でもあるので、千昭は引き留めようとしたのだが、誰かに腕に縋《すが》られ「やめなよっ」と言われた。え、と振り返ると麻帆《まほ》がしっかりと千昭の腕を摑んでいる。

「いいじゃん、あんな人たち。傷からばい菌《きん》入っちゃえばいいんだ」

「麻帆、そんなこと言うもんじゃない。……おまえ、ここでなにしてるんだ？」

しがみついて離れない妹に聞くと、桃色の頬をプウと膨らませた。

「なにって。千昭ちゃんに会いに来たに決まってんでしょっ」

この段になってようやく田中が出てきて「み、みなさん大丈夫でしたか」などと言っている。看護師たちは白けた表情を見せつつも、わらわらと集まっていた野次馬たちを散らせて、残りの患者を確認し始めた。外来の看護師長がシンに深々と頭を下げている。

「ね、あのかっこいい人誰？　モデルみたい」

「あんな物騒なモデルはいないだろ。……ちょっとした顔見知りだ」

「けどサングラスとか、預かってたじゃん。……あっ、こっち来るよ！」

「千昭」

シンにそう呼ばれて、千昭は渋面《じゅうめん》を作る。ここで呼び捨てにはされたくなかった。

「サングラス返してくれ。……その子は？」

千昭にぺったりくっついたままの麻帆を見て聞いてくる。サングラスを渡しながら「妹だ」と答えると「へえ」と身体をやや屈《かが》めて麻帆をつくづくと見た。麻帆は身を竦《すく》ませながらも、「妹の、麻帆です」と自己紹介をした。

「麻帆ちゃんか。俺は真《しん》だ。蔵王寺《ざおうじ》真」

意外なことに、シンは自己紹介を返す。ご丁寧に「蔵王温泉の蔵王に寺、真実のシン」と漢字まで教えてくれた。シンは真だったわけで、まるきり本名だ。

「千昭ちゃんを助けてくれてありがとうございます」

やっと千昭から離れ、麻帆はぺこりと頭を下げる。

「俺はなにもしてない。突っ立ってただけだ」

「でもあの人たち、ビビって逃げたもの」

「……手の傷が、本当にたいしたことないといいんだが」

ぼそりと呟いた千昭に、麻帆が呆れたように「信じらんない」とぼやく。

「千昭ちゃん、殴られてたかもしれないんだよ？」

「まあ、そうだけど」

「お人好しすぎるよ、もう。蔵王寺さんも、そう思うでしょ」

「ああ、思うな。……この人は時々、トラの前に腹を出して寝そべるウサギみたいだよ」

薄笑いを浮かべて言われ、千昭は眉間《みけん》に皺《しわ》を刻んだ。ガゼルだのウサギだの、どうしても人を草食動物にしたいらしい。

「麻帆、お父さんのところに行ってなさい」

「え、なんで」

「今の件を報告しておいで。そろそろ耳に入る頃だろうから」

そう理屈をつけて、千昭は麻帆を追い払った。妹の前で下手な話題を出されては敵わない。麻帆は「えー」と不服顔をしつつも、千昭に従う。真に「またね」と小さく手を振って、エレベータホールへと歩いていった。

「可愛い妹だ」

「……それはどうも」

「千昭。ここ、煙草吸えるのか」

「建物の中は全面禁煙だが、中庭に喫煙コーナーがある。……前にもどこかで、同じことを聞いたな？」

「あんたのマンションの前だ」

さらりと答えられ、千昭も思いだす。あの時はかなり驚いたが、今はここにいる真に、さほど動揺してはいなかった。何度も会っていれば、猛獣にも慣れるということか。

「一服したい。中庭に案内してくれよ」

騒ぎを収めてくれた男に対して、勝手に行けばいいだろうとも言えない。千昭は「こっちだ」と先に立って中庭に案内する。煙草は身体によくないと言おうかと思ったが、相手は患者でもないのだ。説教する義務もなかろう。

「妹、あんまり似てないな」

ベンチに腰掛け、煙をくゆらせて真は言った。

中庭の奥まったところにある喫煙コーナーは、灰皿の前にベンチが置いてある小さな空間だ。嫌煙家の義父はこの喫煙コーナーは不要だと言っているのだが、愛煙家の深見が「まあまあ、喫煙よりストレスのほうが害という説もありますし」と懐柔《かいじゅう》している。

「かといってあいつにも……深見にも似てない」

「血の繋がりは半分だから」

「半分？」

「僕の母親と、深見の父親のあいだにできたのが麻帆だ」

なるほど、と真は頷く。そして立ったままの千昭を「座らないのか」と見上げる。隣り合って座り、なにを話せばいいのかと迷ったが、ここで断るのも感じが悪い。結局、千昭は少しあいだをあけて、ベンチに腰掛けることにした。

「どこか悪いのか？」

尋ねると、え、と真が目を見開く。

「どこか悪いから、病院《ここ》にいるんだろう？」

「ああ、いや、俺じゃない。友達が入院したんで見舞いに来たんだ。バイクで転んで、肩の骨を折った」

「そうか」

「幸運な男なんだ」

千昭と反対方向に煙を吐き、真顔でおかしなことを言う。

「……幸運な人は骨折しないだろう」

「いや。そういう意味じゃない」

小さく苦笑すると、整った顔に甘さが漂う。女なら見とれる表情だろう。

こんな場所で真と会話をしているのは、どうにも奇妙な気分だ。自分たちふたりはどんな関係に見えるのだろう。ついこのあいだ、この男の下で喘《あえ》いでいたのだと思うと——千昭は慌てて軽く頭を振った。とんでもない映像が浮かびかけ、耳が熱くなる。

「同業だったんだ」

「なんとかってクラブか？」

「そう。知り合ったのは奴が仕事をやめてからだ。最初の客に見初《みそ》められて、恋人になって、クラブをやめた」

「そんなすぐに、やめられるものなのか」

「クラブに借金がなければな。……どうした。耳が赤いな」

真が身体を傾け、千昭の耳に唇を寄せる。

「あの夜を、思い出したか……？」

低音で囁かれ、顔まで熱くなってきた。

「初めてとは思えないほど感じてたな」

「やめろ」

小さく言い返したものの、声に力が入らない。

「あんたにはピンとこないかもしれないが、俺たちは相性がよかった」

「相性？」

「そう。あるんだよ、そういうのが。もちろん俺はどんな相手でも一定レベルの満足感を提供する。でもそのレベルを超えるには、相性が大切だ。パズルのピースを組み合わせるようなものだ。ほとんどの場合、どうしたって多少のずれはある。普通の恋愛なら、そのずれを精神的なもので補填《ほてん》するわけだが、俺はそういうわけにはいかない」

真はあくまでプロとして買われている立場である。たった一夜の関係で心まで通わせるのは難しいということだろう。

「でも、千昭と俺はぴったりだった」

「なんでそんなことがわかる」

訝しんで聞くと、短くなった煙草を咥えたまま意味深に笑った。

「わかるさ。俺は専門家だ。客が全員あんただったらと思うよ。こっちのモチベーションを無理に上げる必要がなくなってラクだ」

どう答えればいいのだろうか。少なくとも貶《けな》されてはいないが、褒《ほ》められているのとも違う気がする。とりあえず、千昭は視線を落としたまま「仕事でラクをしようとするのはどうかと思うが」と呟いた。

すると、真が小さく噴き出す。千昭は顔を上げ、軽く唇を尖《とが》らせた。

「なにがおかしい」

「いや……あんたらしい回答だと思って。千昭はきっと、いい医者なんだろうな」

「は？」

出し抜けに褒められても、素直に受け止められない。顔をしかめている千昭を見て真は「なんて顔してんだ」と肘で小突く。

「俺は褒めてるんだぞ？　さっきのチンピラにしてもそうだ。あんなカスのことまで、患者として心配してる。単なるお人好しというより……責任感があるんだろうな」

「……医師としては、当然だ」

「ふうん。また耳が赤い」

「……」

指摘され、むすっとしたまま自分の耳に触れる。

本当に熱くてなんだか恥ずかしく、千昭は真から顔を背けた。

と、いきなり耳に触れられる。

びくりと肩を竦めると「なにかついてる」という言葉とともに軽く髪を梳《す》かれる。千昭は息を呑んだまま動けなくなる。

身体がざわめいていた。千昭の皮膚は、ちゃんと覚えていた。真の手を、その体温を記憶していて、呆れるほど明確な反応を見せる。

真の指先が髪をしごくように動いた。そこで初めて、自分の髪の一部が束状《たばじょう》に固まってしまっているのに気がつく。まるでそこだけ、ハードタイプの整髪料でもつけたかのような感触だ。

真が戻した指先には、粉っぽく白いものが付着していた。その正体に思い当たった瞬間、千昭の背筋に悪寒が走る。真に触れられて熱を持ちかけていた身体もサアッと冷えていった。くん、と指先の匂いを嗅《か》いで真の眉がぴくりと反応する。

それがなんなのか、この男にわからないわけがない。無言のまま、真は自分のトラウザーズで指先を拭《ぬぐ》った。千昭を真っ直ぐに見る目が（あいつだな？）と聞いている。答えられるはずもなく、千昭は深く俯く。

さらに、真は素早い動きで千昭の白衣の裾《すそ》を軽く乱した。

「なにを……っ」

「——なんだ、その穴」

慌てて白衣を戻したが、スラックスの焦げ跡はもう見られてしまっていた。手が震えないように固く拳を握り、千昭は言い訳を探すがなにも思いつかない。

「少し足を庇《かば》って歩いてたから……妙だと思ってた。髪についてるのがなんなのか、聞く気はない。だがこのスラックスは？　煙草の跡だろ、これは」

「違う。見間違いだ」

はっきり否定したものの、真の目を見ることはできなかった。

「——千昭、いったいどういうことになってる」

「きみには関係ない」

「あんたはそればかりだな」

「何度でも言う。本当に関係ないんだから」

おい、と真が千昭の腕を摑んで引っ張り、強引に目を合わせてくる。

「タイミング的に、俺がまったく関係ないとは思えない。あの夜、失神したあんたを見て、すごい形相してたぞあいつ。ああいうのはキレるとやばい」

「そんなことは知ってる」

真のしつこさに、うんざりした口調になった。

「よくわからない奴だな。チンピラには説教できるのに、兄貴にはやられっぱなしか」

「やめてくれ」

「自分で自分の身も守れないのか？　それでよく医者をやってるな。妹はあんたたちの関係について、なにも知らないわけか」

「やめろと言っているだろう！」

声を荒らげ、千昭は勢いよく立ち上がる。太腿《ふともも》の火傷が痛んだが、そんなことも気にならないくらい憤《いきどお》っていた。

「なんで……どうしてきみにそんなことを言われなきゃならない？　だいたい、こういうのはルール違反じゃないのか？　きみみたいな……買われた立場の人間が、買った側の職場にのこのこ現れるなんて……」

「友達の見舞いに来たんだと説明しただろ。それに、確かに俺たちが客の職場を訪ねるのは御《ご》法度《はっと》だが、あんたはそもそも客じゃない」

煙草を消しながら答える真の声はあくまで冷静だった。興奮しているのは自分ひとりだとわかったものの、千昭の頭は簡単には冷えてくれない。

「ああ、僕は客じゃない。きみは間違いなく男娼《だんしょう》だけどな」

ふだんの千昭ならば、決して口にしない台詞《せりふ》が転がり出る。怒りで語尾が少し震え、千昭は口を歪めて続ける。

「いったい何様のつもりだ？　金のために僕を抱いて、そのくせ意見するっていうのはどういう神経だ？　金欲しさに身体を売っている人間に、あれこれ言われる筋合いはないいね」

「――そうか。そう思っているなら、なにも言うことはない」

髪を軽く振って、真が立ち上がる。一歩前進して千昭のすぐ前まで来た。至近距離になると、身長差がよりはっきりし、見下ろされている感覚が強くなる。

金茶の瞳に怒りはない。真の目はあくまで静かで……けれど奥の奥で、獰猛《どうもう》な光がちらちらと垣間《かいま》見える気がした。

「可哀相なことに、金すらもらえない奴もいるがな」

低く緩慢な口調で突きつけられた言葉に、千昭は絶句した。嘲笑のニュアンスはなく、心底から同情しているように聞こえ……それがたまらなく屈辱的だった。

真がゆらりと身を屈める。

唇が、千昭の耳もとに寄せられた。吐息のぬくもりが、今は恐ろしい。

「あんたはあの男に……血の繋がらない家族に、なにも与えられないまま骨までしゃぶり尽くされるわけだ。金で買った男に差し出され、職場でセクハラされ、気まぐれに身体を痛めつけられて、それでも逆らわない。逃げようとはしない」

「きみに……なにが、わかるというんだ」

なにも、と真の声が静かに答える。

ザアッと強い風が吹いて、金茶の髪が千昭の頬に刺さった。植樹が揺れる音がして、落ち葉がサリサリと石畳《いしだたみ》を引っ掻いた。

苦しい。

息が、うまく……できない。

「わかったのはひとつ——あんたは足の折れたガゼルだ」

風はやまず、たてがみが揺れる。

「猛獣への供物《くもつ》みたいに捧《ささ》げられる、走れない獲物だ」

4

千昭《ちあき》は装飾品について詳しくない。

女性にアクセサリーを贈ったことはないし、自分ももらったことはない。唯一、麻帆《まほ》に小さなペンダントを買ってやったことがあるが、その時は本人が好きなものを選んだ。千昭自身はアクセサリーなどひとつも持っていないし、時計にしても実用本位の国産品だ。

「……こういうの、高いのかな」

手のひらの上に小さなスカルを載せて、千昭は笹森《ささもり》に聞いた。小さいと言っても、指輪としてはかなりの大きさだ。巨峰《きょほう》の粒くらいの存在感がある。

「素材によりますね。プラチナやホワイトゴールドだと高価ですけど……これはシルバーじゃないかしら?」

スカルを覗き込んでそう教えてくれた。

「こういうデザインのアクセサリーって多いの?」

「ええ、結構ありますよ。男性ものでは昔から定番だし、女の子でも好きな子はいます」

「縁起悪くないのかな。骸骨《がいこつ》なんて」

ファッションですから、と笹森が笑う。なんだかオジサンくさい発言だったろうかと、千昭は少し恥ずかしくなった。

指輪は真《しん》の忘れ物だ。

千昭が返し忘れたともいえる。サングラスは返したが、指輪は白衣のポケットに入ったままになっていた。

「きっと取りに来ますよ。愛用してるっぽいですもんね。……あ」

内線電話が鳴る。

「はい。内科外来です。……ええ、いらっしゃいます。……はい、繋いでください」

喋《しゃべ》りながら、笹森が千昭に目配せをする。自分の持っている電話と、デスクの上の指輪を交互に指さした。

「噂をすれば、です」

差し出された受話器を受け取り、千昭は「もしもし」と小さな声を出した。相変わらずどこか偉そうな口調が、それでも『悪い、仕事中に』と詫《わ》びる。

「いえ。大丈夫です」

千昭は内心の動揺を抑え、平淡《へいたん》に答えた。

『俺、指輪忘れてるよな?』

「ええ。僕が預ってます」

そうか、と真は安堵の窺《うかが》える声を出す。やはり大切にしているものらしい。

『今日、取りに行っていいか』

「はい。構いませんよ」

総合受付に預けておくので——千昭がそう言う前に『助かる。じゃ、ちょっと遅くなるけど十時くらいに』と電話が切れてしまった。もしもし、と言ってももう遅い。

十時というのは夜の十時だろうか。つまり、真は病院ではなくて自宅マンションに来るつもりか？　千昭は困惑し、切れてしまった電話に向かって「勝手なやつだ……」とぼそりと文句を言い、笹森に笑われた。

その日は急患も入らなければ、入院患者の容態が急変することもなく、千昭は予想より早く病院を出ることができた。

こんな時は、実家に顔を出すことにしている。

懸念していたのは深見《ふかみ》の動向だが、義父《ちち》によると最近ずっと帰りが遅いらしい。悪い女に填《はま》っていなければいいが——そんなふうに心配している義父に、千昭は言葉もなく作り笑いを向けた。悪い女だろうがいい女だろうが、深見が自分以外の誰かに目を向けてくれればこんなに嬉しいことはない。

だが、期待してはならない。今までも、深見は何度か千昭に飽きたような素振りを見せ、結局は戻ってくる。そのたびに少しきれいになってきた肌に、また新しい痣《あざ》ができるのだ。

深見はもともと派手に遊ぶのが好きで、酒もかなり飲むし、違法な賭け事に入れ込んでいた時期もあった。病院での善人ぶりでストレスが溜まるのだというのは、本人の弁だ。そのストレスが千昭の痣になるのだと、笑ってみせたこともある。

ならば千昭のストレスはどこに持っていけばいいのだろう。

それはしんしんと積もる、溶《と》けない雪のように嵩《かさ》を増すばかりで……いつか千昭自身を押し潰してしまうのではないだろうか。

——自分で自分の身も守れないのか？

真の言葉を思い出す。そのとおりだ。千昭は自分を守れない。この身は深見の言いなりだ。その代わり……かろうじて、守っているものもある。

千昭が実家に帰ると、幸い深見の姿はなかった。

「千昭、まあ、久しぶりだわ。あなた、ちょっと痩《や》せたんじゃないの？」

「会うたびにそう言うね、母さん」

母はベッドではなく、カウチにゆったりと座っていた。膝の上には編みかけのニットがあった。編み物は外出できない母の趣味で、千昭にとって母のイメージは編み棒と毛糸玉だ。一階の庭に面した眺めのいい部屋は医療機器が充実しており、病院の高級個室並みである。緊急時に備えて、掃き出し窓からはストレッチャーの出入りも可能になっている。

母のそばに椅子を引き寄せ、千昭は腰掛けた。

千昭から見れば、また痩せたのは母のほうだ。けれどそれを口に出しはしない。顔色がいいね、と微笑んでから「調子はどう？」と聞いた。答えはわかっているけれど、挨拶《あいさつ》のようなものだ。

「ええ、ずいぶんいいのよ。あなたはなにも心配することないわ」

母は必ずこう答える。たとえ体調が思わしくなく、ベッドに伏していても同じように言う。そして千昭は「そう。よかった」と答えることにしている。

今日の母は、本当に調子が良さそうだった。頬にもほんのり赤みがある。

麻帆が毎日梳《す》いている髪は、後ろできつくないよう一束《ひとたば》に結わえられ、白い前ボタンのワンピースを着て、桃色のニットを肩からかけていた。少女のような色合いが、儚《はかな》げな母によく似合っている。

「病院はどう？」

「変わりないよ」

「忙しいの？」

「そうだね。病床《びょうしょう》はいつもいっぱいだし」

そう、と母は微笑み、膝の上にあったオフホワイトの毛糸を見せて「あなたのよ」と言う。

「僕の？　嬉しいな。セーターになるの？」

「いいえ、マフラー。手編みのセーターは重たくて、あまり実用的じゃないでしょう？」

「でもあったかい」

千昭がそう返すと「欲しいの？」と小首を傾《かし》げる。

「うん。これからもっと寒くなるし」

「じゃあ、マフラーとセットで編んであげる。麻帆もお揃いで欲しがるかしらね」

どうかなあ、と今度は千昭が笑った。

「もう、兄貴とお揃いって歳《とし》じゃないだろ」

「そうでもないと思うわ。あの子、千昭が大好きだもの。……伊織《いおり》さんも可愛がってくれているけど、やっぱり歳が離れすぎてるから……」

確かに、麻帆は昔から千昭にべったりだった。

麻帆が生まれた頃、深見はすでに十八だ。遊び盛りの大学生でほとんど家にいなかったため、おむつまで換えていた千昭に懐《なつ》くのも無理はないだろう。

だが妹が長じるにつれ、深見は千昭と麻帆の仲の良さを妬《ねた》むようになった。おまえはシスコンだからな、などと嫌みをぶつけられるようになり、千昭は意識して麻帆と距離を置くようにした。すでに千昭への迫害は始まっていたし、麻帆にまで累《るい》が及ぶのが怖かったのだ。

「そのうち彼氏ができて、兄貴のことなんかどうでもよくなるよ」

「そうね。すてきなボーイフレンドができるといいわね。麻帆は……早くお嫁に行くのがいいと思うの。あの子は優しいところがあるから、私がこんな身体なのを気遣って、ずっと家にいるなんて言ってるけど……」

「母さん、麻帆はまだ十四だよ。結婚の心配は早いだろ」

苦笑混じりに千昭が言うと、母も少し笑って「もっともね」と答えた。はらりと落ちた前髪を、乾いた指先で退《しりぞ》ける。手首の細さがせつない。部屋が少し乾燥気味のような気がして、千昭は加湿器の出力を上げた。

そのまま椅子には戻らず、上着を手にして母の前に立つ。

「もう行くよ。寒くなってきたから、気をつけて」

「ええ。また顔を見せてちょうだい」

「セーター、楽しみにしてる。でも根《こん》を詰めちゃだめだよ」

母は膝の毛糸玉をぽんぽん、と叩いて微笑む。わかっているわ、という意味なのだろう。

実家を出たのは夜の九時すぎだった。

マンションにも深見は来ていなかった。今夜も夜遊びに行っているのだろう。深見がどこでなにをしていようとどうでもいいが、賭博《とばく》だけは勘弁してほしい。千昭の貯金から勝手に金を引き出されたこともある。

上着をかけて、ネクタイを外したところでインターホンが鳴る。

時計を見ると、約束の十時まではまだ三十分あった。一瞬深見なのではと肝を冷やしたが、モニターに映るのは間違いなく真だった。指輪を持って下りていくことも考えたが、玄関先で渡せばいいだろうと自動ドアのロックを解除する。ほどなく、玄関ドアの呼び鈴が鳴った。

「俺だ」

チャコールグレーのスーツを着た真が立っている。走ってきたのだろうか、珍しく呼吸が少し乱れていた。顔色もあまりよくない。ふと視線を下ろすと、真は右手で左肘下《ひだりひじした》をしっかりと押さえていた。

袖口《そでぐち》から血の色が見えて、千昭は眉間《みけん》に皺《しわ》を刻む。

「どうしたんだ、それ」

「ちょっとしたトラブルでね。……絆創膏《ばんそうこう》を提供してくれるとありがたい」

さっさと帰すつもりだったが、怪我人《けがにん》ならば話は別だ。

早く入れ、と真を促《うなが》す。真は素直に従い、千昭の導くままにリビングのソファに腰を下ろす。

物の少ない千昭の部屋をぐるりと見回し、だが口は閉ざしたままだった。

真の上着を脱がせ、袖を捲《まく》らせて傷を確認する。幸い、縫うほどの深さではなさそうだ。すでに血も止まっている。

「洗浄するから、こっちへ来てくれ」

真を洗面所に連れていった。流水で傷口を丁寧に洗う。最初のうちはおとなしくしていた真だが、そのうち「痛い」と文句を言いだした。その場で足踏みをし、身体を遠ざけようとする。

「おい。千昭、痛い」

声に焦りが滲んでいる。

「切れてるんだから痛いに決まってる」

「もっと優しく、痛くなくできないのか。医者だろうが」

「僕は内科医だ」

ふだんは不遜なオーラを出している男が、子供のように痛がる様子はなかなか面白かった。もっともたいした傷ではないから言えることだ。リビングに戻って傷を保護するシートを貼ってやると、命拾いしたかのように大袈裟《おおげさ》な溜息をつき、「わざと痛くしただろう」などと失礼なことを聞いた。千昭が横目で見ると「冗談だ。怒るなよ」と肩を竦《すく》める。

寝室に救急キットをしまいに行き、戻ってくると真がソファにいない。

ここだ、という声に振り向けば、リビングと続いている小振りのキッチンに立ってマグカップとコーヒーを手にしている。

「コーヒー飲むか？　インスタントだが」

あっけらかんと聞かれ、千昭は半ば呆れて「うちのコーヒーだぞ」と返す。

「知ってる。やかんはどこだ？　ああ、電気のがあるのか」

ステンレスの電気ケトルを見つけ、勝手にコンセントを繋ぐ。食器棚からマグカップをふたつ出し、インスタントコーヒーの蓋《ふた》を開ける。スプーンも使わずに適当な量をサラサラとカップに落とし、「砂糖？」と千昭に聞く。

「……いや。いい」

「ミルクは?」

「……牛乳を」

「了解」

真は身体を反転させて、冷蔵庫を開ける。

薄暗いキッチンで、庫内からの光が真の横顔を照らした。すぐに牛乳を見つけ、扉を閉める。そうしているうちにお湯が沸き、大きな手がケトルの取っ手を握る。まずマグにお湯を少し入れ、インスタントコーヒーの顆粒《かりゅう》を溶かすように、くるくるとマグを回す。そうしてから残りのお湯を注ぎ、さらに千昭のぶんにはミルクを入れた。一連の流れは実にスムースで、最後までスプーンの出番はない。

妙な気分だった。真の動きはまるで自分の家にいるかのように自然で、これでは千昭が客のようだ。あるいは、一緒に暮らしているような——そんなふうに感じている自分に呆れ、千昭はプイと居間に戻り、ソファに腰掛ける。

マグをふたつ持った真がついてきて、当然のように千昭の横に座った。

「熱いぞ」

「……ありが……」

礼を言いかけて、べつに自分が頼んだわけでもないのだと思い出す。それでも途中で言葉を切るのもおかしいし、結局残りの「……とう」も口にする。

真は鷹揚《おうよう》にというより、やはり偉そうに頷いた。どうにも調子が狂うなと思いながらも、千昭はコーヒーを一口啜《すす》る。なんだか、いつもより美味しい気がした。人の淹《い》れてくれたコーヒーは美味しいと言っていたのは誰だったか。

「一応聞くが、なんの傷だ？　刃物が掠《かす》めたように見えたが」

千昭の質問に、真は「カッター」と答える。

「ときどきあるトラブルだ。たいしたことじゃない」

素っ気ない口調が気にくわない。これでも千昭はそれなりに心配して聞いているのだ。

「僕には関係ない、話す気はないということか」

「というより、話してはならないことになっている」

「このあいだ、病院でいろいろ喋ったくせに」

そう突っ込むと真は「ま、そりゃそうだな」と、ローテーブルにマグカップを置いた。

「手当てしてくれたんだしな、ちゃんと説明する。……その前に、昨日の件を謝りたい。事情も知らないくせに、余計なことを言った。俺が悪かった」

突然詫びられてしまい、千昭は「いや、べつに……」と口籠《くちご》もる。あの時は、千昭も冷静ではなかった。最初に真を「男娼《だんしょう》のくせに」などと蔑《さげす》んだのは千昭であり、そこから先は売り言葉に買い言葉だったのだ。

「僕も悪かった。きみはチンピラたちを追い払ってくれたのに」

視線をどこにやったらいいのかわからず、手の中のコーヒーを見つめながら謝る。

「俺がいなくても、なんとかなったさ。あいつらだって医者を殴るほど馬鹿じゃないだろ」

「どうだかな」

「で、この傷だが、キレたストーカーにやられた」

保護シートを軽くさすって真は言った。

「ストーカー？」

驚いて顔を上げると「俺のストーカーじゃないぞ」と言い添える。

「俺の常連客にストーカーがついてたんだ。銀座《ぎんざ》の高級クラブでママをしている女だが、偏執的《へんしゅうてき》な客がつきまとうようになって、自宅から仕事場までボディガードを依頼された」

どこか飄々《ひょうひょう》と、他人事《ひとごと》のように説明する。

ストーカーは真をママの恋人だと誤解したようだ。かつては羽振りのよかった経営者で、別れた妻に会社を乗っ取られたらしい。貧相な中年男に成り果て、精神的にも相当不安定になっていたのだろう。若くて見栄《みば》えのいい恋人を連れているママを見て、諦《あきら》めるどころか逆ギレし、カッターを振り回して襲いかかってきたという。

「彼女を庇った時、カッターが腕を掠めた。段ボールを切るようなでかいやつ」

大事ではないとでも言いたげだが、スーツの上着を見るとザックリと袖が裂かれている。これを着ていなかったらかなりの深手になっていたはずだ。

「その男は?」

「自分のしたことに自分で驚いたんだろ、そのまま逃げていった。まあ、あれで頭が冷えたんじゃないか。これ以上ややこしいことになるようなら、彼女も警察に届けるだろうし」

「きみは……その、あっちの仕事のほかにボディガードもしているのか?」

「ボディガードはオプションだ」

「オプション?」

千昭の戸惑う顔を見て、真は当然のように「俺はライオンだからな」と言うが、そんな説明で理解できるはずもない。

「あんた、『Pet Lovers《ペットラバーズ》』については、どれくらい知ってる?」

真は大きな手でマグカップを包み、千昭に聞いた。揃いのカップなのに、やけに小さく見える。

「ほとんど知らない。このあいだきみに聞いたことくらいだ」

「そうか。まず、『Pet Lovers』は完全会員制のクラブだ。謳《うた》い文句《もんく》は『あなたを癒すペットをお届けします』——なかなか笑えるコピーだろ。もちろん非合法の秘密クラブ。会員になるには一定の審査基準がある。どんな基準なのか俺も詳しくは知らないが、金持ちじゃないと無理なのは確かだ。深見はまだトライアル会員だ」

「トライアル……お試《ため》し期間か?　スポーツクラブみたいだな」

「ま、ある種のスポーツもするしな」

真がにやりと笑い、尖った犬歯《けんし》が覗いた。

「クラブについては……あんたはたぶん、デリヘルみたいなのを想像しているんだろうが、少し違う。同じ部分ももちろんあるが」

「どう違うんだ?」

「単に身体を売るだけじゃないという点。うちのオーナーは変人で、変に凝《こ》り性《しょう》なところがある。俺たちはペットと呼ばれて、それぞれなんらかの動物にカテゴライズされる。客は飼い主と呼ばれ、『ペットを可愛がる』ことが義務づけられる」

「……はあ」

間の抜けた合の手になるのも仕方ない。千昭には想像のつかない世界だ。

「『可愛がる』の中にはセックスの意味もあるが、それに限ったことではない。ペットとどう過ごすかは、飼い主が自由に決めていいんだ。もちろん、禁止行為は規定されているが」

「暴力だとか?」

「そう。ペットを虐待してはいけない。また、ペットが拒否権を持つ場合もある」

「拒否権?」

「簡単にいえばセックスの拒否権。つまりプラトニックなおつきあいしかできない」

「……それじゃ、金を出す意味がないじゃないか」

そうでもないらしい、と真は説明する。

「それを納得済みで、拒否権を持つペットを選ぶ客もいるんだ。ペットが承諾すればベッドにも入れる。オーナーいわく、ペットに気に入ってもらえるように、いろいろと手を尽くすのが醍《だい》醐《ご》味《み》なんだと」

千昭は再び「はあ」と頷いてしまった。人間を動物扱いするのも、それを可愛がるのも、性交渉もなしで大金を支払うのも、すべて理解しがたい。

「……なんというか、些《いささ》か病的な気もするが」

「病的というより滑稽《こっけい》だ」

「自分だって、ペットだろう」

「そう。しかもライオンだ。我が身も含めて滑稽だが、結構ニーズがある。なにが受けるのか、世の中はわからないもんだ」

長い脚を組み替えて真は言う。わからないのはきみも同じだ……と言いたいところだが、黙っておく。

「一番多いペットは犬だな。小型犬から大型犬まで。俺ももともと大型犬で登録していたが、オーナーが『おまえはいっそライオンにしよう』とか言いだして……なにを考えてるんだか」

「こんなふうに……怪我をすることはよくあるのか？」

「さすがに刃傷沙汰まで行くことは滅多にない。喧嘩くらいなら、ときどき。ほとんどはこっちが威嚇《いかく》して終わりだ」

このでかいライオンが吠《ほ》えるのだから、さぞ怖いだろう。はったりがきくだけではなく、聞けば武術の心得もあるという。

「身体を張って、客を守るというわけか……」

「それも仕事だ」

「女性の客が多いのか？」

「俺の場合はほとんどそうだな。……なんだ、妬《や》いてるのか？」

ずり、とあいだを詰めてきて真が言った。千昭は詰まったぶん、座る位置をさらにずらしていた。

「馬鹿を言うな」とそっぽを向く。顔が熱くなる理由がわからず、自分に少し腹が立った。

「ペットなんかしてないで、本職のボディガードになればいい。きみならやれるだろう？」

「定職に就《つ》く気はない。旅に出られなくなるだろ？　――ああ、そうだ。俺の指輪は？」

思い出したように真が言った。そもそも指輪を取りに来たはずなのに、千昭もすっかり忘れていた。慌てて立ち上がり、ローボードの上に置いてあった指輪を取って手渡す。

「サンキュ。なくしたかと思って、ちょっと焦った」

右手の中指に銀色の髑髏《どくろ》が収まる。さすがにしっくりときている。実は真が来る前に、ちょっと自分の指にはめてみたところ、親指でも回るくらいなうえ、どう考えても似合っていなかった。

改めてよくよく真の手を見ると、指もそれなりに太いが節がかなり高い。

「大事なものなんだな」

「ああ。初めて一人で旅をした時にもらったんだ」

誰に、と聞こうとしてやめる。また「妬いている」などとわけのわからないからかい方をされるのはごめんだった。だが、今回は真から話しだす。

「十九の時にアリゾナの居留区《リザベーション》に行って、そこのネイティブ・アメリカンにもらった」

「インディアン?」

「そう。ターコイズやシルバーを使って、伝統的なジュエリーデザインをしている男で……粋《いき》がった馬鹿な若造だった俺に、このスカルをくれたんだ。どういう意味かわかるか?」

中指の髑髏を親指の爪で弾きながら真が問う。千昭はしばし考え、

「どんな人間でも——中身は同じ、この骸骨《がいこつ》……」

と答えた。真が目を見開き「なんでわかるんだよ」と驚く。

「あんたもアリゾナに行ったのか」

「行くわけないだろ。日本から出たこともないんだぞ。……学生の時、初めて献体解剖《けんたいかいぼう》した時、似たようなことを思った。どんな人間でも、中身はこうなんだなぁって」

なるほど、と真が珍しく感心した声を出す。

「医者ならではだな。俺はその意味に気がつくまで、結構かかったぞ。……そのネイティブは俺に身《み》の程《ほど》を知れと言いたかったんだろうな。おまえは特別なんかじゃない、ひと皮剝いてみりゃ、ただの骸骨だ。みんなとちっとも変わらないんだって」

「自分が特別だと思っていたわけか」

若かったんだよ、と真が鼻の頭を掻く。

「…言い訳がましいが、外見がこれで、母子家庭だぞ。ガキの頃からいじめられるか、疎外されるかだ。自分は特別なんだと思わなきゃ、やってられない」

僅かに照れたような口調に、千昭はつい微笑んでしまった。真が少しむっとしたのが伝わってきたので、ついでに「今でも特別だと思ってないか？」と突っ込んでみる。

「少しはな」

「やっぱり」

「自分がいい男だと思ってなきゃ、こんな仕事はできない。それに千昭、あんただって」

ずい、と顔を寄せられる。鼻の頭同士が触れ合いそうな距離にぎょっとして、後ろに逃げようと思ったのだが、すでにソファの一番端だ。

「俺のこと、特別いい男だと思ってるはずだ」

驕《おご》った笑みですら、色っぽいといえるのだから憎らしい男だ。

「……自己評価が高いな」

「少なくともセックスはすごいだろ？　あんた何回イッたっけ？　俺の腕の中で蕩《とろ》けてく様は見物だった。カチカチのアイスクリームを、手の中で揉み込んだみたいにとろとろになって……」

「いいかげんにしないと、今手当した傷に指を突っ込むぞ」

苦虫を噛み潰した顔で千昭が言うと「はいはい」とやっと身体を引く。

「ま、とにかく、最初の旅以来、ずっとこの指輪をつけてる。一年の半分は日本にいないな。旅をして、金がなくなると戻って稼ぐ。で、また旅に出る……この繰り返しだ。千昭、旅行は?」

離れたかと思うと、今度は千昭の髪を弄《もてあそ》びながら聞く。擽《くすぐ》ったくて頭を振るのだが、何度でも追いかけてくるので、振り払うのが面倒になってきた。好きにさせておくことにする。

「ほとんどしない」

「患者を置いて遊びに行けるタイプじゃなさそうだな」

「……まとまった休みは取りにくいから」

そう答えたものの、絶対に無理というわけではない。緊急オペの多い外科医ならばともかく、千昭のような内科医ならば数日間の休暇を取ることは可能だ。実際、年に一度は海外に行くという同僚もいる。千昭の場合は別の理由……つまり深見の存在が、旅行ひとつ実現させない。

手足に絡まる、見えない枷《かせ》。

それがどれほど重く、生きる気力を奪うものか——この自由な男にはわからないだろう。

千昭には見える。真の周囲に吹く風が見える。

自由自在に吹き渡る風は、金茶の髪をきらきらと揺らしている。

反して千昭の周囲は重く澱《よど》むばかりだ。澱みを吹き飛ばす風は、もうずっと吹いていない。このまま生きながらに腐ってしまうのではないかとすら思える。

そして息が……苦しくなるのだ。

「あんたには息抜きが必要だ」

唐突に言われ、千昭は眉を寄せる。

「どういう意味だ」

「そのままだよ。ほら、今もしかめっ面《つら》してる。旅行に行けとは言わないが、たまには休みを取ってのんびりしたほうがいい。それこそ医者の不養生《ふようじょう》になるぞ」

「休むより、働いているほうがいいんだ。ひとりでここにいても、なにもすることがない」

「デートする相手を見つけろ。女でも、男でも……深見以外なら誰でもいい」

「は」

千昭は笑った。引き攣《ひつ》った不自然な笑みになっただろう。けれど他にどんな顔をすればいいのかわからなかった。

「そんな相手は見つからないさ。深見が生きている限りはね」

千昭の髪を撫でていた手が止まる。首から肩を通過し、大きな手が離れていってしまう。

「見張られてるのか」

真剣な眼差しと、低い声に聞かれた。

「ああ」

「――もうずっと、か」

「十年以上だ」

答えながら、また嗤う。

事故にでも遭って死んでくれないか——正直、そう願ったことは何度もある。人命を救うべき医師として最低だと思いつつ、深見の葬式を何度も想像した。悲しみにくれるふりをしながら、解放された喜びに浸る自分を想像した。焼き場で骨を拾うところまで思い描いたくらいだ。

「いっそ僕もきみを買うかな」

自暴自棄と勢いで、千昭はそんなことを口にした。

「きみを一日貸し切ったら、楽しいデートをしてくれるんだろ？」

「もちろんだ」

真顔で返され、驚いてしまう。真は身体ごと千昭に向き、「あんたにしちゃ上出来なアイデアだ。オーナーに掛け合ってみる」と詰め寄ってきた。

「やめてくれ。冗談だ」

「俺なら一緒にいるあいだ、ちゃんとあんたを守れる。たとえ深見でも手出しはさせない」

「きみが帰ったあと、僕は酷い目に遭うんだぞ」

「なら黙ってればいい。深見が出張に出たりする日はないのか？」

ないわけではなかった。深見は月に一度は出張に出ている。医療経営の研修だなんだと理由をつけてはいるが、旅先で遊び回っているのだろうと義父が溜息をついていた。

「深見じゃなくても……たとえば、僕に恨みを持つ患者が、包丁を翳《かざ》して襲いかかってきたら？」

「大丈夫だ」

千昭の馬鹿な質問を、真は笑わなかった。

「俺があんたの楯《たて》になる。安心していい」

揺るぎない金茶の瞳が信じろと告げているが、それは無理だ。もう今の千昭には、誰かを信じたり頼りにしたりするのは難しい。

いつも怯《おび》え、疑い、覚悟し、諦《あきら》め……そうやって生きてきたのだから。

けれど――わかっていて、騙《だま》されるなら、いいのだろうか。たった一日、深見のことを忘れ、妹と母を忘れ、自分の枷《かせ》が取れた錯覚を金で買えるというのならば……。

「……僕は『Pet Lovers』とやらの会員じゃないし、金持ちでもない」

千昭の迷いを振り切らせるように「トライアルに会費はかからない」と真が返す。

「もちろん誰でもトライアル会員になれるわけじゃないが、俺がオーナーに交渉する。千昭に必要なのは、俺を買う金だ」

「それは……いくらなんだ？」

真はしばしの間を置いて、黙したまま千昭の手を取った。そこに指先で書かれた数字に、千昭は声もない。擽ったさすら吹き飛んでしまう。

「四時間でその価格だ。延長は二時間単位でその半額」

「……これが収入になるなら、きみは僕よりずっと金持ちだな」

胸中で年収を計算し、千昭はぼやいた。

「クラブに半分持っていかれるんだぞ」

そうだとしてもすごい。真は高嶺《たかね》の花ならぬ、高値のライオンだった。丸一日キープしただけで、そこらの会社員の月給が吹き飛ぶだろう。

けれど、絶対に無理という数字ではない。千昭も医師として、それなりの年収を得ている。深見に無心され何百万かは泡《あわ》と消えたが、まだいくらかの貯蓄は残っている。

高級時計はいらない。高級車もいらない。

高級マンションを買う予定もないし、宝石を与えたい女もいない。

ならば、口座に寝かせているだけの金を、こんな馬鹿な遊びに使うのもいいではないか。

「……半日ぶんなら……用意できる」

千昭が言うと、真は頷き「手続きする」と答えた。

千昭は猛獣を買った。いや、飼った、になるのだろうか？

オーナーと称する相手から電話があり「今回は特例です」と念を押された。トライアル会員の資格ですら、本来これほど容易に得られるわけではないらしい。『Pet Lovers』は想像以上に敷居の高い組織だった。

――私たちは鶉井《うずらい》様を信頼し、トライアルにご参加いただくことにしました。ただし、よろしいですか、当クラブのことは他言無用にてお願い致します。このお約束を守っていただけない場合、当方もそれなりの措置《そち》を取らせていただきますことを、ご承知おきください。

もちろんだと千昭は答えた。自分が男を買ったなどと、誰に喋《しゃべ》るつもりもない。

初めは半日のつもりだった。けれど真が「ちょうどサービス期間だ。無料で延長できる」と言い、結局は二十四時間のキープとなった。真の言葉が本当だとは思えない。おそらく自らただ働きをしてくれるのだ。物好きな男だと思う。

同情なのだということは、わかっていた。

深見にいたぶられている千昭の日々を、真は憐れに思ったのだろう。同情されるのは屈辱だ。自分の存在を否定されているようで、恐怖にすら近い。

しかし同時に、どこかで同情を欲しがっている自分に千昭は気がついていた。

どう考えても、幸福とはいえない日々の中で、誰かに自分の味方をしてほしいと……優しくされたいと願っている。差し伸べられる手を、あてもなく待っている。

だが、しがらみが残る相手に慰撫《いぶ》を求めるわけにはいかない。金で解決できるのならば、それもひとつの手段だ。なにより後腐れがない。

十一月も末に近い月曜日、真と過ごす一日を迎える。

暖冬続きの東京でも、コートを纏《まと》う人を結構見るようになっていた。窓の外から見える木立も、だいぶ葉を落として裸木になりつつある。こんもりと緑に覆われた季節とは違い、ごつごつと骨ばった様の木立だが、その潔く清々とした有り様が千昭は嫌いではない。

「明日の午前中まで、休みにしておいたか？」

正午に千昭のマンションを訪れた真は、最初にそう聞いた。ダークグレーのスーツを纏い、趣味のいい靴を履《は》いている。まるで海外コレクションのショーから抜け出てきたかのようだ。こんな男と並んで歩けば、さぞ目立つことだろう。

「ああ。仕事は午後からになっている」

「よし。で、過ごしかたのリクエストは？」

なにやら張り切っている様子の真に問われたが、なにも思いつかない。

「……普通はどうするんだ？」

逆に問い返すと、形のいい眉がひょいと上がって「普通なんかない」と答えた。

「人それぞれだ。一日じゅうベッドから出ない客もいれば、外でデートしたいという客もいる。映画を三本つきあわされて、食事して帰ったこともある」

映画なんかひとりで観《み》ればいいのに、と真は首を傾《かし》げたけれど、千昭には少しだけその気持ちがわかる気がした。ひとりで映画を観るのはつまらない。鑑賞のあと、感想を語り合えないのはさみしい。

もうずいぶん前だけれど、なにかの本に書いてあった。

人間とは、分かち合いたがる動物だと。群れて暮らす動物は人間のほかにもいるが、自分の得た楽しさ、嬉しさ、時に悲しみを他人と共有したがるのは人間独自の傾向だと。

「……ここには、いたくない。いつも深見が来る場所だし」

「そうか。じゃ、外に出かけよう。どこがいい？」

具体的に考えていなかったので、返事に困ってしまう。逡巡している千昭を見て、真は「特に希望がないなら、俺がアレンジするぞ」と言いだした。

「きみに任せる」

「任せる以上、文句は言うなよ？」

「言わないが、夜景の見えるレストランで乾杯だとか、そういうのはちょっと……」

しないしない、と真が手をパラパラと振る。

「そういうのは、女の客とやり飽きてる。車を持ってくるから、小一時間待っててくれ。そのあいだに支度をしとけよ？　カジュアルで動きやすい格好ならなんでもいい」

ただし寒くないようにな、とつけ足して、真は軽いフットワークでマンションを出ていった。

千昭は言われたとおりの支度をする。ジーンズの上は、厚手のカットソーの上にチェックのシャツを着た。フード付きのハーフコートを羽織り、念のために厚手のニットを荷物に入れる。以前母が編んでくれたアランセーターなのだが、暖冬の続く東京ではなかなか着る機会がない。

五十分ほどで再びインターホンが鳴り「下りてきてくれ」と言われる。

千昭は三和土《たたき》で、久しぶりに出したスニーカーを履いた。エレベータが下りるあいだ、少しどきどきして、そんな自分の顔を軽く叩く。初めてのデートじゃあるまいし……と思いかけ、まさしくそのとおりだと気がついた。千昭にとっては初めてのデートだ。たとえそれが、金で買った時間だとしても。

エレベータが一階に到着する。真はどんな車を用意してきたのだろうか。大金をはたいたデートである。かなりの高級車でもおかしくはない。あの男なら高級なスポーツカーもよく似合うだろう。たとえ真っ赤なフェラーリだろうと驚かないようにと覚悟して、エントランスに出る。

だが、千昭の予想は外れていた。

「色気のない車で悪いな」

そろそろ洗車が必要と思えるグリーンのジープの横に、真が立っている。しかも、服装もさっきまでとは違う。ラインの出ないカジュアルなパンツに、身体にぴたりと沿ったカットソー、アメリカ空軍の戦闘機乗りが着るようなジャケット姿だ。スーツ姿も色気があったが、このスタイルだと真の野性味がより映える。

「借りようと思えばジャガーだのポルシェだのもあるんだが、今日は自前だ」

「車のことはよくわからないけど、かっこいいと思う」

そう言うと、真は鼻の頭を掻いて「中古だけどな」と素っ気なく言った。どうやら鼻を掻くのは照れた時の癖らしい。

「サハラという車だ。さあ、乗ってくれ。……ドアを開けろとか言うか？」

まさか、と千昭は自分でナビシート側のドアを開けて乗り込む。

意外なことに、車内には煙草《たばこ》の臭いがほとんどしなかった。車を発進させたあとも、真は「煙草吸っていいか」とは聞かない。

「煙草、吸わないのか？」

安定した運転をする真に、千昭は聞いてみた。

「車では吸わないことにしてる。煙草は好きだけど、車に染《し》みついた煙草臭は苦手なんだ。なかなか取れないし」

「運転中に我慢ができるなら、いっそ禁煙すればいいのに。身体によくないことは、医学的にもはっきりして……」

言いかけて、途中でやめる。真が好きで吸っているのだから、肺癌《はいがん》になろうと彼自身の責任だ。千昭の患者でもあるまいし、余計なお世話である。

真が横目でチラと千昭を見る。

嫌みのひとつでも言われるかと思いきや、左手でごそごそと飴《あめ》の袋を取りだし、千昭に「食べるか？」と聞いた。黙ってひとつ取る。のど飴は小さな袋にパッケージされている。

「ああ……どうも」

「俺のも剝いて」

「わかった。……ほら」

先に真のぶんを剝いて差し出すと、「アーン」と口を大きく開ける。恥ずかしいことをさせる奴だと思いつつ、相手が運転中だということもあって、千昭は真の口に飴を入れてやった。指が唇に触れないようにと、ものすごく気を遣ってしまう。

真はカロン、とよい音をさせて飴を口の中に収める。千昭も飴を口に入れた。どこか懐かしい甘さが口の中に広がる。

「煙草、やっと言ったな」

「え？」

突然話が変わったので、千昭は正面を向いていた顔を真に向ける。

「禁煙しろって。今までは黙って見てただけだ」

「きみは吸っていい場所でしか、吸わなかっただろう」

「まあな。……もし恋人がヘビースモーカーだったら、禁煙しろって言うのか？」

飴の包み紙を弄びながら、千昭は考えた。

千昭自身は煙草の煙がさほど苦手ではない。深見のせいで慣れてしまったのだろう。ならば恋人が吸っていたとしても気にならないかもしれない。いや、相手の健康を考え、禁煙を勧めるだろうか？

ずいぶん考えたあげく、千昭は「わからない」と返事をした。

「実際にそうなってみないと、わからないよ」

「そうか。じゃあ、ゲームしてみよう」

「ゲーム？」

「そう。道路が詰まってきたから、暇潰しだ」

なにか企んでいるように真の口元が笑っている。千昭は「ちょっと待ってくれ」と道路標識を見た。どうやらジープは高速の入り口に向かっているようだ。

「ゲームはいいけど……どこに向かっているんだ？」

「群馬《ぐんま》」

「……群馬？　どうして？」

「すごくうまいものを食べに」

眉間《みけん》に皺《しわ》を刻んで考える。群馬ですごくうまいもの……なにか名産があっただろうか。千昭としては、群馬といえば温泉のイメージである。あと、うどんの美味しいところがあると聞いたことがあったような……朧《おぼろ》な記憶なので自信がない。

「なにを食べられるかは、着いてのお楽しみだ。さあ、ゲームを始めよう」

「どんなゲームだ」

「まあ、ディベート遊びみたいなものだ。さっきの禁煙の話で思いついた。俺と千昭は恋人同士だという設定で、千昭は俺に禁煙を説得する」

「説得……」

「そう。俺は煙草をやめたくないから、なんだかんだと反論する。説得に成功すれば、千昭の勝ち。俺に言い負かされたら、負け。負けたほうは、勝ったほうの言うことをひとつ聞く。ただし、実行が極端に難しいリクエストはなし」

わかった、と千昭は承諾した。

禁煙の勧めは医師として日常的にしているのだから、どう考えても自分が有利だし、退屈しのぎにはちょうどいい。

「じゃ、俺から始めるぞ」

真はいつもと変わらない様子のようでいて、声のトーンなどは少し楽しげな響きになっている。千昭のデート気分を盛り上げようと、自然な演出をしてくれているのだろう。

「俺は煙草が好きなんだ。煙草のない人生なんか味気ない。なんでやめなくちゃならない？」

ステアリングを握る横顔から、お決まりの文句が出てくる。

「健康に害があるからだ」

千昭は即答した。

「肺癌、喉頭癌《こうとうがん》、口腔癌《こうくうがん》、咽頭癌《いんとうがん》、食道癌……すべて喫煙者のほうが罹《かか》りやすいと言われている。医学的なデータもある」

「煙草吸いまくって、長生きする人もいる。俺のばあさんがそうだった」

「それはそうだ。どんなに身体に悪いことをしていても、長寿という人はいる。だが、どんなに酷い運転でも事故を起こさない人がいるからといって、乱暴で不注意な運転を続けるのはどうかと、僕は思う」

「おいおい、それは論点が違う。交通事故は他人を巻き込むが、煙草はひとりの空間で吸ってる限り自分だけの問題だ。一緒にはならない」

千昭は無意識に口元を引き上げる。真は頭の回転が速い。なかなか面白いゲームだ。

「それに俺は、高い税金を払って煙草を買ってるんだぞ。文句を言われるのは心外だ」

「日本のたばこ税は決して高くない。ヨーロッパでは煙草ひと箱が千円近くする国もあるし、アメリカでも州によってはかなり高額だと聞いてる」

「税金を上げてもらっても構わない。俺は千円でも買う」

「人が自分の金でなにを買おうと、それは自由だ。ただ、僕はきみの健康が損なわれることに問題を感じている」

「なんでそれが問題なんだ？　俺の身体だ。千昭の身体じゃない。他人事だろ？」

「他人じゃない」

設定に従って千昭は言った。これはゲームなのだから赤くなるなよと、自分に言い聞かせる。

「きみはもう、他人なんかじゃない」

だめだ。やっぱり頬が火照《ほて》る。

もともとこんなお芝居は苦手なのだ。それでも真が運転中でこちらを見ないので、かろうじて続けられた。

「どうでもいい相手なら、僕だって勝手にしろって言うさ」

「俺が好きだから、心配ってことか？」

「そうだ」

「俺に健康で、長生きしてほしい？」

「あたりまえだろ」

「ふたりで白髪《しらが》の爺《じい》さんになって、縁側でお茶を啜《すす》るようになるまで？」

「おい。しつこいぞ」

いちいち確認するようなことでもなかろうと、尖《とが》った口調になってしまった。

「しつこくでもしなきゃ、あんたはちゃんと言ってくれないじゃないか。照れ屋なのはわかってるが、たまには言葉で聞きたいと思うのが人情だ」

「言えばいいのか」

横目で真を軽く睨むと、しゃあしゃあとした顔で「ああ」と答える。千昭はほとんど勢いで「きみが大切なんだ」と言い放った。

「だからこそ心配してる。きみの身体に害のある行為は慎《つつし》んでもらいたい。きみが病気で苦しむと、僕もつらい。きみにその点を理解して受け入れてほしい」

「……なんだか棒読みだな」

せっかく千昭が懸命に喋ったのに、真はまだ気に入らないようだ。

「もっとシンプルでいいから、心を込めて言えないか？」

角度の強いカーブを曲がりながら要求する。

「シンプルって」

「愛してるから、心配だ、って」

カーブに沿って身体を斜めにし、千昭は絶句した。

確かにシンプルな台詞《せりふ》だが、「愛してる」という言葉は、今までの人生で使ったことがない。世の中にどれほど「愛」が氾濫《はんらん》していようと、活字や歌では浴びるほどに見聞きしていようと、千昭にとってそれは日常で使う言葉ではなかった。

だがこれはゲームだ。

ここで言わなければ負ける。

真も、千昭が言えやしないだろうと予想して、こんな駆け引きを持ち出したに違いない。

「あ……あい……」

このまま引き下がるわけにはいかないと、発言を試みる。

けれど、どうにも気恥ずかしさが先に立ってしまう。

真は急《せ》かさず、待っていてくれる。その間に車は速度を落とし、左車線へと移動した。サービスエリアに入るようだ。千昭がほかにもっと言いやすく、かつ真が納得してくれる表現がないだろうかと思案しているうちに、ジープはパーキングエリアに停車した。

エンジンが切られると、車内はやたらと静かになる。

「……言えないのか？」

シートベルトを外し、首を軽く左右に曲げながら真が聞く。

「ちょっと、待ってくれ」

俯き、固い声で千昭は頼んだ。

「もうずいぶん待ったぞ」

「……だ、だから、きみを……その……」

どうしても、声が上擦る。

最初はその言葉自体に恥ずかしさを感じていたのだが、いまやゲームなのに意識してしまう自分が恥ずかしくなっている。さらに、しどろもどろになりつつある現状に拍車がかかり、千昭は顔を熱くするばかりだ。もはや泥沼である。

「……わかった。じゃあ、言葉にしなくてもいい。千昭が俺のことを愛してるってわかればそれでいい……だから」

ギュッとシートの軋《きし》む音がした。目の前に大きな影ができて、千昭は驚く。顔を上げると、真の身体が自分に覆い被さるようになっていた。

「な……」

「言わなくていい。……キスでいい」

いやだとか、やめてくれとか——抗う余裕などなかった。

まだシートベルトで固定されたままの身体を、真の片手で軽く押さえられる。驚きのあまり目を開いたまま、千昭は口づけられた。

触れるだけのキスではなかった。

真は千昭の唇を開くように促し、内部に舌を侵入させようとする。反射的に逃げようとした刹《せつ》那《な》、千昭は思い出す。

これはゲームで、今、自分は真の恋人なのだ。

恋人同士がキスをするのにふさわしい場所とは思えないが……いや、恋人同士ならば、場所を選んだりはしないものなのだろうか？　パーキングエリア内だが、自分の車の中だ。キスくらいするのはごく一般的なことなのだろうか……？

「……んっ……」

考えているうちに、まんまと舌は捕まってしまう。

千昭の身体はもう、真のキスを覚えてしまっていた。真の身体が放つ匂いや、唾液の味や、情熱的に動く舌を覚え、歓迎してしまっている。鼓動がたちまち速くなり、皮膚はざわざわと騒ぎだし、尾てい骨《びこつ》のあたりが甘く疼《うず》く。

「……は、あ……」

「千昭……」

されるままではなく、自分から舌を動かしだした千昭に、真が感じ入ったような声を出す。二枚の濡れた舌が絡みあい、もつれあい、吐息は乱れていく。金茶の髪に指を差し入れると、少し乾いた感触がした。かすかな体臭は、草の匂いにも似ている。

ふいに、遥か彼方のサバンナの風景が思い浮かぶ。

草むらでライオンが眠っている。埃《ほこり》っぽい風にたてがみが揺れる。周りにほかのライオンの姿はない……群れから離れた、若い雄《オス》ライオンだ。

情熱的な口づけは、たっぷり一分は続いた。

もっとだったのかもしれないが、千昭にはよくわからない。やっと顔が離れた時には、千昭は顔どころか身体中を火照らせていた。性的な衝動を、千昭は少し甘くみていたらしい。こうも一瞬にして体温が上がる経験は滅多にない。もし今が闇《やみ》に沈んだ真夜中で、真がキスより先を求めてきたとしても……抗える自信はなかった。

「……俺の負けだ」

千昭の頬を撫でて真が言う。

「こんなキスされたら、恋人の愛を疑えるわけがない。千昭は禁煙の説得に成功した。さあ、罰ゲームはどうする？　なにをしてほしい？」

「ま……まだ、考えてない……」

口元を拭《ぬぐ》いながら言うと「決まったら教えてくれ」とシートベルトを外してくれた。そして珍しく溜息などつき、ステアリングにつっぷして「くそ、悔しいな」と嘆く。

「楽勝するつもりだったのに、やられた。勝ったらなにしてもらうかも、決めてたのに」

悔しそうな口調を聞くと、なんだか小気味がいい。千昭は小さく咳払いをして真に聞く。

「僕になにを要求するつもりだったんだ？」

「……知りたいか？」

「ああ」

姿勢はそのまま、顔だけ横を向いて真は「キス」と答えた。

「……なんだと？」

「だから、キスしてもらうつもりだった」

もう一度言って、にやりと笑う。

千昭は赤面したまま、言葉もない。

ならば結局、真は目的を果たしたことになる。勝っても負けても、損のない勝負だったということか。ふざけるなと睨みつけたが、真はクスクスと肩を揺らして笑うばかりだ。この男がこんなに楽しそうに笑っているのは初めて見る。

「き、きみって奴は……」

「千昭、顔が真っ赤だぞ。風に当たったほうがいい」

意地悪な指摘に、千昭はプイと顔を背けてジープから降りた。悔しいが、頬にあたる風が心地よいのは本当だった。東京を離れたせいか、空が高く感じられて気持ちいい。

すぐに真も降りてきて、「一服してくる」と喫煙コーナーに向かった。

禁煙説得はあくまでゲームであり、実際はやめる気などないのだろう。だが、本当に恋人に懇願されたら、彼はどうするのだろうか。聞いてみたい気もしたが、千昭には関係のないことだ。

千昭も売店をぶらついてみる。

遠出しない千昭にとっては珍しいものがたくさん売られていた。土産物をしげしげと眺め、手に取ってみる。普段は食べもしないものまで、なんとなく欲しくなるのが不思議だ。

菓子を象《かたど》ったストラップを何種類か見つけた。どれも精巧でよくできている。麻帆《まほ》が喜びそうだが、買っていけば「ずるい、誰とどこに行ったの」と追及されるだろう。深見の耳に入っても厄介なので、諦めるしかない。ここ数日深見とはろくに顔を合わせていないので、今日の休暇について説明はしていない。

あとで問い詰められたら、義父から有給消化を勧められたとでも言っておこう。たびたび「ちゃんと休暇を取りなさい」と言われているのは事実なのだ。

土産物店には、のんびりとした空気が流れている。

平日の日中ということで、人はさほど多くない。熟年夫婦や、中年女性のグループ。若いカップルもちらほら見かけた。みな穏やかな顔つきをし、ドライブを楽しんでいるようだ。

飲み物を買っておこうかとベンダーの前に立ち、先にトイレに行っておくことにした。真はまだ喫煙コーナーにいる。

広いトイレは清潔に保たれていた。入れ違いで、運送会社の制服を着た男性がふたり出ていくと、ほかに人影はなくなる。千昭は奥に進んだ。公衆トイレでは、混んでいない限り個室を使うことにしている。奥まった個室に入り、扉を閉めようとした瞬間、何者かに突き飛ばされた。

「うっ！」

膝下を強《したた》かに便器にぶつけ、千昭は呻《うめ》いた。

バタン、と扉が閉まる。振り返ると、見知らぬ男がナイフを翳《かざ》して千昭に迫ってくる。

「声、立てんな」

迷彩柄のパーカーに、ルーズパンツ。薄い眉毛の若者で、まだ若く千昭より下に見える。けれど体格は相手が圧倒的に勝っていた。刃物などなくても、腕力で敵わないだろう。抵抗しても無駄なのはわかりきっているし、助けを求めて叫び、怪我《けが》をするのもいやだった。

「……財布なら、ポケットだ。持っていけばいい」

「うっせえよ」

男は千昭をトイレの壁に押しつけた。財布を奪って立ち去るかと思いきや、なぜか自分の携帯電話を出した。「見ろ」と液晶画面を千昭の目の高さまで掲げる。

そこに保存されている画像を見て、千昭は息を呑む。

車の中で、顔を重ねているふたりの男——最近の携帯はカメラの性能もいい。真はほぼ後頭部しか写っていないが、千昭の横顔は知人が見ればわかるほどに鮮明だ。いつ撮られたのか、まったく気がつかなかった。顔から血の気が引くのがわかる。

男はいやらしい笑みを零すと、千昭の耳に口を寄せて「真っ昼間から、堂々としたもんだな？ え？」と揶揄《やゆ》した。

「清潔そうな顔して、エロいのな、あんた。画像を消してほしかったら、おとなしくしてな。暴れなきゃすぐにすませてやるよ」

「あ、ぐ……ッ……」

喉元にナイフを突きつけられたまま、口の中にタオルのような布きれを突っ込まれた。身体を裏返され、足を蹴られて強制的に広げられる。デニムのボタンを外され、アンダーごと膝まで下ろされた。摩擦で肌が熱く感じるほどに乱暴な扱いだ。

男の手が千昭の項垂《うなだ》れたままの性器を握った。愛撫ではなく、恫喝《どうかつ》のためだ。

「う……うぐっ……」

「シー。人が来るだろ。それとも、掘られてるとこ見物してほしいのか？」

耳を舐められて、悪寒が走る。剝き出しになった双丘が割られ、狭間にぬるりとしたものを塗り込められた。千昭を傷つけないためではなく、あくまで自分の挿入のためだ。指でぐちゅぐちゅとかき回され、胃の中身がこみあげてくる。

苦しい。

気持ち悪い。苦しい。息が、できない——。

最奥《さいおう》に、生暖かい塊《かたまり》が押し当てられる。

「ん、ぐっ……うーッ！」

千昭はパニックに陥《おちい》った。男がナイフを持っていることも忘れ、両腕を振り回す。すると今度は背後から首を絞められた。必死にもがくが、指は目の前の壁を引っ搔くだけだ。このまま失神し、犯されてしまうのか——。

指の力が抜ける寸前、喉が突然楽になった。

男が千昭から引き剝がされる。

いつのまにか個室のドアが開かれ、真が暴漢の襟首を摑んで立っていた。千昭はやっと口から布きれを吐きだし、便座に縋《すが》るようにして激しく噎《む》せる。

「な、な……てめえ……っ」

男はまだナイフを持っていた。それを振り回そうとして、真に手首を掴まれる。どれほどの力なのだろう、たちまち顔を歪めてナイフを落とす。

「——殺すぞ?」

ゆらり、と男に顔を寄せ、ごく静かに真は言った。

決して怒鳴ってはいない。だが金茶の髪は獲物を威嚇《いかく》する獣のようにぶわりと浮き立ち、瞳は怒りで燃え上がっている。

「しゃ……写真……携帯で……」

ぜいぜいと千昭が伝えると「出せ」と男を睨む。

男から奪った携帯は千昭に渡された。震える指を叱咤《しった》し、まずさっきの画像を消した。画像がどこかへ転送されていないかも調べた。送信履歴は残っていない。

安堵したのもつかのま、「おい、なにしてんだよてめえ!」と怒号が聞こえる。

男に仲間がいたのだ。さらにふたりが真に詰め寄る。似たような格好をした若者たちだが、身体つきはかなりがっしりして、格闘技でもやっていそうだった。

いくら真が喧嘩に強いと豪語していても、これは分が悪いのではないか——千昭はそう思ったが、すぐに自分の認識違いを知った。

「ぎゃ……ッ」

あとから来たうちのひとりが、べしゃりと床にうち伏す。下腹に強烈な蹴りが決まったのだ。

圧倒的な、力の差。

あるいは場数の差なのか。

雄ライオンに、猫が三匹襲いかかっているようなものだ。真の拳《こぶし》は強く、蹴り出す足のスピードは効果音が聞こえてきそうだった。激しい動きをしていても、身体がぶれない。ひとりを蹴り飛ばした次の瞬間には、もうスムースに体重移動が行われていて、もうひとりに肘鉄《ひじてつ》を入れている。動体視力が抜群にいい。相手が次にどう動くかを読む能力にも長《た》けている。まるで映画のアクションシーンを見ているようで、千昭は床にへたり込んだまま呆然としていた。

あっというまに決着がつく。

三人のうち、ふたりは床に沈んで呻き、かろうじて立っているひとりが「か、勘弁してくれ」とよろよろ後退する。鼻血をボタボタと垂らしているのは、最初に千昭を襲った男だ。真は男を追い詰めると、まるで缶蹴りでもするような軽い調子で男の足を払った。

途端に男は見事に引っくり返る。真はその横に屈み込み、男になにか言ったようだ。千昭に声は届かない。

男はヒッ、と唸《うな》ってダンゴムシみたいに丸くなり「す、すす、すみませ……っ」と怖《おび》けた声で詫びた。

「——よく覚えておくんだな」

最後に、真がそう言ったのだけが聞こえる。

大袈裟な恫喝ではなく、ぼそりとしていたところがかえって怖い。

真は千昭に手を差し伸べ、「怪我はないか？」と聞いた。千昭は頷きながら、腰を上げる。まだ恐怖が消えたわけではない。無意識に真の服をしっかりと掴んでしまった。

「騒ぎになると厄介だから、すぐ出よう」

「わ、わかった」

ジープに戻り、ただちに車を出す。千昭は身体の震えが止まっておらず、乱れた服を直す指先も覚束《おぼつか》ない。真は無言のまま運転し、車は一番近い出口で高速を降りた。

「ちょっと、停《と》まるぞ」

一般道をしばらく走ったのち、車は駐車場に入った。やたらと広い空間は、郊外型の複合商業施設のものだ。見慣れたマーケットやレストランの看板が並んでいる。人目につかない奥のエリアにジープを停車させ、エンジンを切る。なぜこんな場所で停めるのかわからずに、千昭は隣の真を見る。運転席に座ったまま、真は難しい顔でじっと前を見据えていた。

「……どうした？」

「落ち込んでる」

思いがけない返答だった。落ち込むべきは、千昭だろう。乱暴されかけたうえに、真が助けてくれているあいだ、なにひとつできずにへたり込んでいたのだ。わけもわからないまま、とにかく本人が落ち込んでると言うのだから慰めなければと「大丈夫か？」と顔を覗き込む。

「その……よくわからないが、元気を出せ」

すると、硬かった表情がふっと緩んだ。

「参るな、千昭には。それはこっちの台詞だろう」

「そ、そうか」

もっともな返答に、急に気恥ずかしくなる。

「どこか痛むところはないか？　ああ……擦り傷が……」

千昭の手のひらに擦過傷ができていた。転んだ時に手をついたからだろう。血の滲《にじ》む手を大きな両手で包まれる。

「悪かった。俺のせいだ」

真摯《しんし》な声で、真が詫びる。

「俺が、あんな場所でキスなんかしたから……男がひとり、近くを通ったのはわかったんだが、まさか写真を撮られてるとは思わなくて……。痛くないか」

いい、と千昭は首を振る。

「たいしたことはない、よく洗っておけば平気だ」

そうか、と真は千昭の傷をじっと見た。

「あんたを守るとか言っといて、この始末だ。自分がいやになる」

そんな理由で落ち込んでいたのかと、軽い驚きに見舞われた。

千昭の手に触れたまま、真の視線が上がる。見つめられれば、鼓動が駆けだしてしまうのを止めようもない。千昭はこの金茶の瞳に弱いのだ。

「すまなかった」

真は詫びながら、千昭の爪の表面をキュッと擦った。その小さな刺激だけで体温は上昇し、抱かれた時の感覚が蘇って千昭を戸惑わせる。

「い……いいんだ。べつにきみのせいじゃない」

「もう少し遅かったらと思うと、背筋が寒くなる。車のそばを通ったヤツのこと、なんだか気にかかっていたのに……煙草なんか吸ってる場合じゃなかった」

「気にしないでくれ」

ふう、と真が何度目かの溜息をつく。

「仕事中だってのに、気が抜けてた」

つくづくと自己嫌悪に陥った声音でそう呟いた。

トクトクとスキップをしていた鼓動が、ふいに立ち止まる。

皮膚を心地よく走っていたさざ波は消え失せ、身体の中にキンと冷たい氷が落ちた。

仕事、と真は言った。

もちろんだ。あたりまえだ。本気で千昭を心配したわけではない。否《いな》、本気ではないと言うと語弊《ごへい》がある。彼は自らのなすべき仕事を全うするために、真摯に努力している。

だから身体を張って千昭を守ってくれたではないか。まるで自分の番《つがい》を守る雄ライオンのように、戦ってくれたではないか。

仕事として、義務として、金銭を介在した取引として……千昭を守ってくれた。

それのなにがいけない？

どこが不満なのだ？

いったいおまえはなにを期待していたのだ？

「千昭？」

触れられていた手を突然引いた千昭を、真が怪訝《けげん》な目で見る。

「なんでも……ない。早く手を洗わないと」

「そうか。じゃあどこかの店に入って、食えるような昼飯にしよう」

真はすぐに了解し、車を降りた。よく目にするファミリーレストランに入ると、千昭はすぐにレストルームを借りて擦り傷を流水に当てる。

手のひらの付け根部分に血が滲み、傷はひりひりと痛んだ。

まるで千昭の勘違いを罰しているかのような痛みに、苦笑いを零す。顔を上げると鏡の中に、歪んだ顔の自分が映っていた。笑ったつもりなのに、泣きそうな顔になっていて、ますます顔がいびつになる。

気持ちを落ちつかせるため、千昭は冷水で顔を洗った。

ハンカチで顔を拭き、深く呼吸する。

大丈夫、少し混乱しただけだ。千昭は真を貴重な金で買った。だから真はそれに見合う仕事をしてくれている。まったく問題ない。これはひとつの娯楽だ。恋人同士のデートごっこだ。時間がくれば終わることを忘れずに、楽しめばいい。

気持ちを切り替えるのだ。千昭は手に絆創膏を貼り、レストルームを出る。

席では真がメニューも広げずに千昭を待っていた。

「大丈夫か」

「ああ、たいした怪我じゃない」

擦り傷は数日で治る程度のものだが、精神的な動揺は収まりきっていない。あまり食欲のない千昭はサンドイッチとコーヒーをオーダーする。真はランチの定食を頼んでいた。

最初のうちはあまり会話も弾まなかった。大金をはたいた休日だというのに、このまま湿気《しけ》った雰囲気で終わるのだろうかと思っていた千昭だが、真の風変わりな食事を目にした時、どうしても黙っていられない衝動に駆られた。

「……なにしてるんだ？」

「え？　茶漬け」

「だってそれ……カツ丼《どん》だろう？」

真は「ああ」と頷き、なぜそんなあたりまえの質問をするのかという目を向ける。

「普通、カツ丼にお茶はかけないだろう」

「うまいぞ？　さっぱり食べられる」

カツ丼と盛りそばというボリューミーな定食を食べていた真だが、途中で店員に温かいお茶を頼んだ。そしてカツ丼の残りが四分の一ほどになったところで、丼の中にお茶をかけたのだ。スーツ姿でピシリと決めている時の彼からは、考えられない食事風景だ。

「でもカツだろ？　衣がべしゃべしゃになる」

「お茶を吸った衣がいいんだ。天丼でもやるだろう。天茶とか言って」

「あれも僕は理解できない。揚げ物を汁に浸すなんて……」

「俺は汁かけ飯が好きなんだよ」

いつになく頑《かたく》なな口調で真は言い張る。

「そんな食事の仕方で、女性にいやがられないのか？」

「俺だってＴＰＯってもんくらいはわかってる」

それはそうだろう。スーツで決めた色男が汁かけ飯では、高い金で真を買ってる客は怒るというものだ。とすると、千昭も怒っていいところなのだろうか？

だが驚いたものの、不快に思ってはいないのだ。いわば面白いものを見たという感覚である。

「……ライオンが汁かけ飯とはね」

「猫科だからな」

無茶な理屈を平然と言い、真は丼のごはんを一粒残らずたいらげた。最後にお茶が入ったため、洗ったようにきれいなものだ。千昭はふと、以前テレビで見た雲水《うんすい》の食事風景を思い出す。食事の最後に椀《わん》に白湯《さゆ》を入れ、たくあんできれいに拭《ぬぐ》ってから白湯を飲み干す——もっとも、音ひとつたてない雲水と違い、真はズズッとお茶を啜《すす》っていたが。

「なんでもまぜて食うのが好きなんだよ。チャンプルー万歳《ばんざい》だ」

「チャンプルーって、ゴーヤの入ってる料理のことか？」

「あれは、ゴーヤをまぜた料理だから、ゴーヤチャンプルー。チャンプルーは琉球《りゅうきゅう》の言葉で、交ぜるという意味だ。そういや、インドネシアの『交ぜる』も『チャンプール』だなあ」

「インドネシアに行ったことが？」

ある、と真は頷く。

そこから先は、真が訪れた世界各国の話を聞いた。いわく、中国にはドアのないトイレがある。ベトナムではバイクのことをホンダという。タイの屋台でジュースを買うと、ビニール袋に入れて渡される——海外どころか、本州からも出たことのない千昭にとって、それらはとても新鮮で面白いエピソードだった。

「まぜこぜ料理は、アジアに多い気がする。というか、米を食べる地域かな」

「そうかもな。僕は味がごっちゃになるのは苦手だが」

「炊き込みごはんや五目チラシは？」

「食べられるが、白いごはんのほうが好きだ」

「ビビンバなんか論外?」

「……あれは、ちょっと好きだ。特にお焦《こ》げのできるやつ……」

俺も大好きだ、と真は笑顔を見せた。いつもは獣じみたイメージの犬歯《けんし》が、こんな時は幼い印象にもなる。

車に戻り、再び高速を走りだしてからも旅物語は続いた。

千昭が「一番最近の旅は?」と聞くと「ブータン」という答えが返ってくる。名前くらいは聞いたことがあるものの、具体的なイメージが湧いてこない。

「ヒマラヤのほう……だっけ?」

「そう。チベットの南で、インドの北だ。山の断崖絶壁に寺があって、一度そこへ行きたいと思ってた。いいとこだったぞ」

真の旅はアジアやアメリカ大陸が中心で、バックパックを担《かつ》ぎ、ひとりで気侭《きまま》にあちこちを回るのだという。何度旅に出ても世界は途方もなく広く、そのつど小さい自分を思い知るのだと真は語った。

「アフリカは?」

「行きたいと思っているが、まだだ」

「やっぱりサバンナでライオンを見るのか?」

「同業者訪問か？　それもいいな。千昭は？　どっか行きたい国とか、あるか？」

問われてみて、改めて考える。

そういえば、特定の国に行きたいという夢を抱いたことはないかもしれない。

「さあ……これといって……でも、なんとなく広いところに行きたいかな」

「広い？」

そう、と千昭は頷いて窓の外を見る。車窓から見える空の青は小さい。

「視界が開けて、眺めのいい場所。地平線が見えて、空が高くて……自分の抱えている問題や悩みが、小さなものに思えるようなところ」

広大な砂漠、果てなき草原、降るような星の夜空。

きっと世界に、そんな場所はいくつもあるのだろう。テレビをつけてディスカバリーチャンネルあたりに合わせておけば、結構な頻度《ひんど》で見られる画像だ。けれど千昭が、実際にその土地に立つことはない――ありえない。

喋るのに疲れて、千昭は目を閉じる。

眠る気はなかったのだが、疲労が溜まっていたのだろう。ほどなく眠りに落ちてしまった。

目が覚めた時、車はすでに山道にさしかかっていた。腕時計を見ると、午後五時を回っている。

ずいぶん眠っていたらしい。

「目が覚めたか？」

「すまない……人の車でこんなに眠ったのは初めてだ」

「いいよ、べつに。あんたをリラックスさせるためのデートだ」

「そろそろ目的地を教えてくれないか」

千昭が問うと、真は「知り合いの別荘だ」と答えた。

「といっても、豪邸を想像しないでくれ。小さな山小屋だけど、いい場所にあるんだ。そこでキャンプしよう」

「……キャンプ？」

「そう。火を熾《おこ》して飯合《はんごう》で飯を炊《た》き、カレーを食う」

「この寒いのに？　春夏ならともかく、もうすぐ十二月だぞ？」

勘弁してくれという千昭の反応に、真が「大丈夫だ」と返した。

「ふたりでくっついて眠れば寒くない」

どう答えればいいのかわからず、千昭は口を噤《つぐ》む。

正直、アウトドアは苦手だったが、ここまで来てしまったのだから、もう仕方ない。せいぜい風邪《かぜ》をひかないように注意しなければと、肩で溜息をついたのだった。

5

いい場所にある――真《しん》はそう言ったが、到着した頃にはすでに日は落ちていて、周囲の風景はろくにわからなかった。とにかく山の中で、寒いのは間違いない。しかも本当に山小屋は小さく、八畳ほどの空間にテーブルとベンチ、ストーブが置いてあるだけだ。どこで寝ればいいのだと首を巡らせてみると、梯子《はしご》で上がるロフトがあった。どうやらそこが寝室代わりらしい。

しかし、キッチンはない。

従って真は戸外で調理をしている。石を積みあげた竈《かまど》で手際よく火を熾《おこ》し、カレーの準備をしていた。肉や野菜、米などの食材はあらかじめクーラーボックスに詰めて車に積んであったようだ。最初は山小屋の中にいた千昭《ちあき》も、暇を持て余し、厚着をして外に出る。手伝おうかと思ったが、なにをすればいいのかもわからない。真が大きな身体を丸め、鍋《なべ》をかき混ぜている姿を、黙って見ていることにした。

「寒いか?」

いや、と短く答える。

確かに冷え込んではいるが、火のそばにいれば問題ない。

「料理は……よくするのか」

「するわけないだろ。俺が唯一作れるのがこのキーマカレーだ」

真はさっきから延々とタマネギを炒《いた》めており、千昭が鍋を覗き込むと嵩《かさ》がずいぶん減っている。半減どころではない。

「どうした？」

「……このまま炒め続けたら、タマネギがなくならないか？」

千昭の返答に、真が目を丸くし、続いて堪《こら》えきれないようにプッと噴き出した。真面目に聞いたのに笑われて千昭はややむくれる。

「なくならないよ。あんたときどきおかしなこと言うな」

「仕方ないだろう。僕の料理は米をといでおわりだ」

「今時、それもどうかと思うぞ。タマネギは炒めると甘みが出ることくらいは俺だって知ってる。もうずいぶん昔の話だが、母親に聞いたんだ。料理の下手な女で、でもカレーだけはうまかったな。……あんたんちは？」

「え？」

母親だよ、と真が挽肉《ひきにく》のパックを破る。

「なんかうまいもん作ってくれたか？」

「……あんまり記憶にないな。心臓が悪くて、入退院を繰り返してたから」

「今も？　もしかしてあの病院にいるのか？」

いや、と千昭も肉のパックを手にした。これを破るくらいの手伝いはできる。

「自宅で療養してる。義父《ちち》が設備を整えてくれて、看護師もつけてもらってるよ」

「そうか。……よし、肉を入れよう。スパイスもだ」

挽肉と一緒に、植物の種のようなものが入る。なんだろうと思ったが、また馬鹿にされるといやなので聞かない。すると真から「クミンだよ」と教えてくれた。火が入るに従って、なんともエスニックな香りが漂ってくる。室内で作れば、部屋に充満するだろうこの独特な香りも、今は果てない空に上っていくだけだ。

千昭は顎《あご》を上げてみた。

星はさほど多くなかったが、東京よりずっときれいに輝いている気がする。

静かだ。

真は黙って肉を炒めている。

これで会うのは六度目だが、印象がいちいち違う。スーツを纏《まと》ったゴージャスな野獣だったり、ヤクザもビビらせる強面《こわもて》だったり、そうかと思えばカツ丼《どん》にお茶をかけて食べる庶民的な顔も見せる。

鍋の中で肉に火が通っていく音のほかは、なにも聞こえない。

鍋にトマトの水煮缶が加えられた。じゅわっと水蒸気が立ち上る。かき混ぜ、蓋《ふた》をする。

しばらく煮込むらしい。真は風向きを確認してから、煙草《たばこ》を咥《くわ》えて火をつけた。そういえば、ランチの時も禁煙席に座っていたが、千昭に気を遣っているのだろうか。

丸太のベンチに腰かけ、ふたり黙ったまま夜空を見る。

こんなふうになにもせず、ぼうっとしているのは久しぶりだ。昼間にはあんなアクシデントがあったというのに……千昭は不思議なほど弛緩していた。車で三時間ほどの距離なのに、とても遠くに来た気がする。病院のことも、深見《ふかみ》のことも、母と妹のことも——今は遠く感じる。

冷気が鼻腔《びくう》を擽《くすぐ》って、千昭は小さなくしゃみをした。

すると真が座っていた尻の位置を奥に詰め、脚を広げる。咥え煙草のまま、自分の脚のあいだをチョイチョイと示す。

まさかそこでだっこされろというのか。そんな恥ずかしい真似ができるかとそっぽを向くと、自らベンチを跨《また》いで千昭のところへ移動してくる。

「寒いだろ?」

背中から抱えるようにされ、千昭は逃げようとしたのだが、強い両腕にがっちり捕らわれてしまった。諦《あきら》めて力を抜く。こんな山の中だ。誰が見ているでもない。

真が長い腕を伸ばし、短くなった煙草を指先でピンと弾いて、火の中に捨てた。

「なあ千昭」

呼びかけられ「なんだ」と答える。半ば自棄《やけ》のように、千昭は真に体重を預けていた。

「答えたくなかったら、答えなくていい。こんなこと聞くべきじゃないのは俺もわかってる。今までの客に聞いたこともないし、聞きたいと思ったこともない。だが、あんたは別らしい。どうしても気になるから、聞く」

千昭はなにも答えなかった。聞いていいとも、聞くなとも言わなかった。そして、なにを聞かれるのかだいたいの見当はついていた。

「あんたは深見に、なにか弱みを握られているんだな」

星が瞬《またた》く。

千昭の代わりにイエスと答えているようだ。

「でなきゃあんたみたいな男が、あいつの言いなりになるはずがない。それはなんとかして、解決できない問題なのか」

できないよ、と星が光る。できるならとっくにそうしている、と。

「難しくても、時間がかかったとしても、あんたが自由になれる方法が――」

「……ひとつある」

千昭はぽつりと答える。

もう長いあいだ、繰り返しそれを考え、否定し、時には否定を覆《くつがえ》し、気がおかしくなりそうになって封印した手段だ。

「どんな方法だ？」

「言えない」

「どうして」

「絶対にしてはならないことだからだ」

静かに上下していた真の胸が、つかのま止まる。

真にはわかったのだろう。千昭の考えている唯一の方法が。そしてそれを選択すれば、今以上の悲劇が起こりうることも。

星々の輝きは声もないのに饒舌《じょうぜつ》で、千昭は黙って耳を傾けた。

真もそれ以上の質問をしようとはせず、同じように空を見上げているのがわかる。

「煮えてきたな」

鍋がコトコトと音を立て始め、真が立ち上がった。途端に千昭の背中が寒くなり「行くな」と言いたくなったが、それでは永遠にカレーにありつけない。昼もたいして食べていないせいか、千昭は久しぶりの空腹を覚えていた。

キーマカレーはスパイスの香りが本格的で、本当に美味しかった。

千昭がおかわりを欲しがると、真は満足げに笑う。

食後はコーヒーを飲みながら、ジープに置きっぱなしの写真を見せてもらった。当人が撮影しているので、真はほとんど写っていない。意外だったのは、子供の写真が多かったことだ。子供が好きなのかと聞くと「そうかもしれないな」といくらか気恥ずかしげに答える。

一枚だけ、大勢の子供たちと真が一緒に写っている写真があった。

千昭のまだ知らない、満面の笑みを見せている。数々の相手に金で愛を売る、不遜なライオンはそこにはいない。ただの、ひとりの青年だ。今夜の真は、この写真に少し近い気もする。

十時を回った頃、山小屋の中に戻った。

風呂などあるはずもないが、真が湯をたっぷり沸かしてくれた。タオルを浸して絞《しぼ》り、身体を拭《ふ》いていく。真があまりに堂々と脱ぐので、こそこそするのもかえって恥ずかしい。同じようにアンダーを一枚残して、自分も身体を拭《ぬぐ》った。真は千昭の身体をじっと見ていたが、なにも言わない。痣《あざ》や傷痕を隠す必要がないので、その点は気が楽だった。

拭き終わって、新しいTシャツを着ようとしたところで「待て」と止められる。

「そのままでいい。どうせ脱ぐんだろ」

「え」

「ロフトに上がれ。早く寝床に入らないと風邪ひくぞ」

ホラホラと急かされ、千昭は仕方なく梯子《はしご》を上った。ロフトにはシングルのマットレスがふたつ並んでいる。

あとから上がってきた真がそれをぴったりとくっつけ、上掛けを捲《めく》り「来いよ」と千昭を呼ぶ。すでにアンダーすら取っている。想定内の展開とはいえ、千昭はやはり躊躇《ちゅうちょ》してしまった。その一方でいまさら「そういうのはなしで」と言いだすのも愚かしいと思っている。

千昭は二十四時間の恋人を買ったのだ。しかも真のセックスが素晴らしいのはよく知っている。フルコースのメインを食べないなんて、あまりにもったいない。

布団を捲ったまま待っている真の性器は、すでに勃《た》ち上《あ》がりつつあった。それを見ると、千昭のものも反応してしまう。

自分が赤面しているのを自覚しながら、千昭は布団に滑り込んだ。

真が用意しておいてくれた、真新しいシーツの匂いがする。ひんやりとしたシーツの冷たさを感じたのは一瞬で、たちまち真に抱きしめられる。

「……頼みがあるんだが」

「なに？」

こめかみに口づけられて聞かれ、千昭は羞恥《しゅうち》と葛藤《かっとう》する。こんなことを言ったら笑われるのではないかとも思ったが、今は客なのだから、どんなリクエストでも出していいはずだ。真だってこの道のプロならば、受け入れてくれるはずではないか。

「……恋人みたいに、抱いてくれないか」

口にした途端、顔から火が出そうだった。

真が自分を見ているのはわかったが、とても目を合わせられない。

それでも千昭は言葉を続ける。千昭の現状では、もう二度と真を買うことは無理だろう。だからこれが、最初で最後なのだ。

「僕は、誰ともつきあったことがない。たぶんこれからもそうだ。恋人と……好きになった相手と、セックスすることもないと思う。だから、今夜だけ、恋人みたいに扱ってほしい」

真はなにも答えなかった。

身体に回された腕の力が苦しいほどに強くなる。腕を絡め、脚を絡め——隙間なく合わさったふたりの皮膚がぴたりとくっつく。

「千昭」

名前を呼ばれると、背骨が溶けてしまいそうだった。腿《もも》に押しつけられているものの猛々しさに、頭がくらくらする。

「千昭……千昭」

繰り返し呼ばれる。本物の、恋人のように。

千昭の中に熱い気持ちがこみ上げてきた。

腹の奥で熱の塊《かたまり》が暴れている。叫びだしたくなる。その正体がなんなのかはわからない。深見の顔がちらつき、怒りを覚えた。同時に真の匂いに、セクシャルな気分が高揚する。混沌《こんとん》とした熱の塊は、千昭の中から飛び出したがっていた。

渦巻き、腹を突き上げ、喉元まで上がってくる。

叫びたい。

獣のように、咆吼《ほうこう》したい。

大声を上げる代わりに、千昭は真の肩を噛んだ。張りのある筋肉を、なめらかな皮膚が覆っている。ある程度顎に力を入れないと、皮膚の上で歯が滑ってしまう。それが悔しくて、もっと強く噛んだ。

「うっ……」

真が低く呻いた。

痛みを感じているのがわかる。けれど逃げようとはせずに、じっと耐えてくれている。甘噛みなどという域を超えた暴挙を、受け止めてくれている。

顎の力を抜き、自分のつけた歯形を見つめ、その凹凸《おうとつ》を舌で辿る。

牙なき獣の、ひ弱な歯形……それでもこれは所有の証《あかし》だ。今夜、真は千昭のものだ。千昭だけの雄《オス》だ。明日になれば虚ろな日々に戻るのだとしても――今、美しく猛々しい獣はここにいて、千昭をしっかりと抱いている。

やがて千昭の暴力的なまでの高揚は治まった。

それを待っていたかのように、真が口づけてくる。いつ呼吸をすればいいのかもわからないほどのキスは、千昭の理性を粉々にした。

金茶の獣は千昭を引き裂いた。

甘い悲鳴を最初は殺していたが、それを真は許さなかった。恋人に捧《ささ》げる歌を聴かせろとせがまれ、千昭は声を噛むのをやめた。身体中に口づけられ、なかでも弱い箇所を甘噛みされる。

身体の奥深くに侵入され、揺さぶられる。
顎を上げ、声を立てた時、小さな丸い天窓に気がつく。
丸く切り取った星空が、絡まり合う獣たちを見下ろし、瞬く。
降ってくる。
星が降って、細かな金粉になって、千昭と真に降り注ぐ。
千昭は吠《ほ》えた。
あんまり気持ちがよくて、せつなく激しい声を上げた。
ほんの少しだけ野生の獣に近づいた気がして、千昭は脚をしっかりと真に絡ませた。

失敗した。
やめればよかった。愚かだった。
真の体温に包まれて目覚めた直後、千昭はそう思った。
すぐ近くで、自分以外の心臓が鼓動を刻んでいる。

そっと胸に耳を当てれば、トクトクと聞こえてくる。千昭を抱く腕はすっかり脱力し、唇は健康な寝息を立てている。伏せた睫毛《まつげ》も、少し伸びた髭《ひげ》も、やっぱり金茶色だ。

こんな朝は予想していなかった。

言葉にはしにくい、この満たされた感覚。胸に染《し》み入《い》ってくる静謐《せいひつ》なぬくもり。一度でも経験してしまったら、忘れられない。激しいセックスの記憶ならば、やがて薄れていくはずだけれど……こんな朝の記憶は、一生千昭に留まる。このさき手に入らないのならば、知らないままのほうがよかった。

涙が滲《にじ》んできた。

千昭は慌てて目を擦り、真の腕から抜け出す。

真が小さく唸り、手が千昭を探すような動きを見せた。もう一度あの腕の中に戻りたいという誘惑を断ち切り、千昭は静かにロフトを下りる。

遊びは終わりだ。

今日の午後からは病院に出る。のんびりはしていられない。

身支度をすませ、電気ケトルでコーヒーを淹《い》れていると真も起きてきた。下着姿のままで千昭に抱きつこうとするので、スッと身体を引く。

「千昭？」

「おはよう」

意識してよそよそしく言う。真は目を瞬かせ、千昭を凝視した。差し伸べられた腕が固まり、行き場をなくしている。

「コーヒーを淹れたから、どうぞ」

手にしていたマグを差し出すと、真の視線がコーヒーに移った。

受け取らないまましばらく見つめていたが、やがてフッと息をつき「もらう」と短く答えて、マグを手にする。千昭はすぐに回れ右をして、自分のぶんのコーヒーを淹れた。

「午後から仕事だから、十一時には帰りたいんだが」

「そうか。じゃあ、早めに出よう。朝飯は？」

「僕は必要ない」

「わかった」

真は鋭い男だ。千昭の発している『恋人ごっこはもう終了』という空気をすぐに感じ取った。コーヒーを飲んでしまうと、手早く荷物をまとめ始める。千昭も手伝おうとしたが「大丈夫だ、ゆっくりしてろ」と断られた。素っ気ないとまではいかないが、ピシリと引かれた一線が感じられる。こちらからそう仕向けたのに、寥々《りょうりょう》とした心持ちになる自分を千昭は嗤《わら》うしかない。

心とは裏腹に、天気は上々だ。

千昭は初めて、山小屋のデッキから湖が見えることを知った。冬の澄んだ空気が湖の青をくっきりと浮かび上がらせている。それを縁取る常緑の木々も美しい。

本当にここは、素晴らしい眺望のロケーションだった。すてきなところに連れてきてくれてありがとう——真にそう言おうかとも思ったが、舌は重い。真も黙々と荷物を作るばかりだ。

起きてから一時間もしないで、山小屋を出発する。

帰りは一度も休憩を取らなかった。渋滞に出くわすこともなく、十時すぎには千昭の住む区内まで帰り着いた。アクシデントも含め、いろいろとあった往路に比べるとあっというまだ。途中、会話は多少あったが、どれも上っ面のものだった。

「仕事、間に合いそうか」

ぽつりと真が聞いた。もちろんまだ余裕の時間だ。千昭は短く「ああ」と答える。

「俺に労《ねぎら》いのコーヒーを出す気は？」

「……悪いけど」

「だろうな」

自嘲するような声音は、この男には珍しかった。そこから先は黙って運転し、五分も経たずにマンションのエントランスに着く。真は来客用のパーキングエリアに車を停めた。

「運転、どうもありがとう」

シートベルトを外しながら、千昭は礼を述べる。すぐに去るだろうと思ったのに、真は自分もジープを降りて「部屋まで送る」と言いだす。

「いい。ここまでで充分だ」

「送る。クラブの規約だ」

べつにあんたと別れがたいからじゃない——そう言われたような気がした。

真の言葉に千昭が傷つく必要はない。これがビジネスなのは、よくわかっている。だから傷ついたりはしない。

ふたりでエレベータに乗った。

会話はない。あるはずもない。このあと、千昭は真に会うことがあるのだろうか。あるとすれば深見がまた悪趣味を露呈した時だろうが……もう真は来ないように思える。クラブから別の誰かが派遣されることはあっても、真ではない。そんな気がする。

玄関の前で鍵を取り出していると、いきなりドアが開いた。

そこに深見を見つけて、千昭は思わず後ずさった。あらかじめ調べた予定では、深見は大阪に出張で帰りは明日になるはずだった。千昭は何度も事務の職員に確認したのだ。

なのに、ここで仁王立《におうだ》ちしている。襟《えり》の乱れたワイシャツにスラックスという姿だが、目つきは暗く、睨《にら》みつけるように千昭と真を見ている。

「おまえら……」

掠《かす》れた声と、酒臭い息が千昭に届く。

「いったい、なにをしてる？　千昭、おまえ、どういうつもりだ……！」

「あ……っ」

乱暴に腕を摑まれ、引きずり込まれそうになった。だがそれを真が阻止する。深見の腕を振り払い、千昭の前に立ちはだかった。

「彼に触るな」

「なんだと？」

深見が目を剝いて顔を歪ませ、それは次第に醜い嗤《わら》いになっていく。

「は……はは、千昭、おまえ、こいつを買ったのか？　そうか、こいつとやるのがそんなによかったのかよ？　よくそんな金があったもんだな」

嗤いはすぐに消え、深見は真を見上げて「どけ」と言った。

「どけよ。そいつは俺のもんだ」

「千昭は誰のものでもない」

感情を抑えた声で低く返し、真は一歩も動かなかった。

「余計な口を挟むな。クラブに通告するぞ」

「勝手にしろ。俺も事細かにクラブに事情を説明する。そうなった場合、困るのは誰なのかよく考えてみるんだな。千昭の身体の痣は……」

「真。やめてくれ」

千昭は自ら歩み出て言った。真の名前を口にしたのは、この時が初めてだった。深見と真のあいだに身体を割り込ませ、深見に「義兄《にい》さん、少し待ってください」と頼む。

深見は舌打ちをしつつも、身体を玄関の中に引っ込める。

「……もう、いいから。帰ってくれ」

「いやだ」

一拍もおかず、怒ったように真が答える。

「真」

「俺は約束した。正午まで、あんたを守る義務がある」

頑《かたく》なに言い張る真に、千昭は眉《まゆ》を顰《ひそ》めて「迷惑なんだ」と突きつける。

「確かに僕はきみを買った。今日の正午まで。でも、もうここでお終《しま》いだ」

「ずいぶん勝手に終わらせるんだな」

「僕は客だ。その権利がある」

強く言い張ると、真の頬がぴくりと震えた。千昭を見つめる金茶の瞳が、もの言いたげに揺れている。

「……こんなところで揉めて、あとで大変な思いをするのは僕だ。きみは自分の仕事を完璧にこなせて満足かもしれないが、こっちの事情も察してくれ」

「仕事じゃなければいいのか」

なにを言いだすのかと、千昭は瞠目《どうもく》する。

「仕事じゃないと言えば、俺にあんたを守らせてくれるのか」

言葉をなくし、真を見上げた。

仕事じゃない？

仕事じゃなければなんだというのだ？　それではまるで、真が千昭のことを——。

がつっ、と耳障《みみざわ》りな音がする。

どきりとして千昭は振り返った。深見がシューズラックを蹴ったのだ。

真っ白になっていた頭に、ようやく判断力が戻ってくる。

今は真の言葉がなにを意味するのかが問題なのではない。それを深見が聞いていることが問題なのだ。最近の深見は理性的とはいえず、真にどんな累《るい》が及ぶかわからない。単純な殴り合いならば真が圧勝するだろうが、深見は狡猾《こうかつ》な男だ。

「わけのわからないことを言わないでくれ」

嫌気がさした口調を演じ、千昭は言った。

「きみと個人的に関わるつもりなんか一切ない。いくらセックスの相性がいいからって、男娼《だんしょう》とつきあえるはずがないだろうが」

「千昭」

「馴れ馴れしく呼ぶな。デートごっこは終わりだ、さっさと行ってくれ」

わざと悪辣《あくらつ》に言ったのに、真は辛抱強く「千昭、聞いてくれ」と繰り返す。いっそ優しいと言っていいほどの声で呼ばれるのがつらい。

「よく考えるんだ。このままじゃあんたはだめになる」

「……だめになるのは僕で、きみじゃない。エレベータはそっちだ」

「千昭」

なんで、そんな声を出す？

裏切られたみたいな声で、悲しむかのように呼ばないでくれ。

今まで感じたことのない痛みが、胸に生まれていた。けれど今は、その痛みがなんなのか考えている時間はない。千昭は真に背を向けると玄関に入り、扉を閉めて鍵をかける。真がもう一度自分を呼ぶ声が聞こえ、それが胸に突き刺さった。

けれど、扉は開けない。開けられない。

やがて、足音が遠ざかっていく。

「……いいご身分だなあ、鶉井《うずらい》先生」

シューズラックに寄りかかった深見が言う。

「どうやって『Pet Lovers《ペット ラバーズ》』の会員になった？ 俺だって伝手《つて》を探すのが大変だったのに……まあ、それはあとでいい。それより俺は悲しいよ。おまえの裏切りが悲しくて、この胸は張り裂けそうだ。……ほら、上がれ。なにびくついてる。自分の家だろ？」

千昭を先に行かせ、深見は玄関の鍵をもう一度確認した。そして自分は靴のままで廊下に上がる。土足で上がられるのはさすがに初めてで、千昭は深見の怒りを如実に感じた。

「午後から仕事だったな？　手短にすまそう」

千昭を目の前に立たせ、自分はソファに腰掛ける。

ローテーブルの上には、酒瓶とグラスが乱雑に置かれていた。昨夜はずいぶん飲んだらしい……いや、さっきまでずっと飲み続けていたのだ。その証拠に、アイスペールにまだ溶けていない氷が入っている。

「あいつとどこに行った？」

「群馬《ぐんま》の……山に」

「温泉か」

千昭が無言で首を横に振ると「ちゃんと答えろッ」と靴を履いたままの足が思いきり臑《すね》を蹴る。その痛みに思わず蹲《うずくま》りそうになるが、そうすれば今度は顔を蹴られるだろう。

千昭は呻《うめ》きながらなんとか立ったままで堪《こら》えた。

「……温泉……じゃなくて……山小屋みたいなところに……」

「山小屋ァ？　で、あいつとやったのかよ？」

「……した……」

ケッと深見が嗤い「この淫乱《いんらん》が」と蔑《さげす》む。

「一度ケツにぶちこまれるのを覚えたら病みつきってやつか？　何発やった？」

「たぶん……三回くらい。よく覚えてな……っ……！」

再び蹴られる。今度は立っていられなかった。フロアに頽《くずお》れると、途端に上半身を蹴られる。肩と脇腹に靴跡がつき、千昭は顔を庇う。

「呆れた淫乱だよ、おまえは」

大袈裟《おおげさ》な溜息をつき、深見は煙草に火をつけて吐き捨てる。

「ホントに、俺はがっかりだ、千昭。大事な義弟《おとうと》のおまえが、男娼に入れあげて大金を使うなんてなあ。こんなことおまえの母さんが知ったらなんて思うか」

「や、やめ……」

母の名を出され、千昭は狼狽《ろうばい》する。

「俺だって言いたくないさ。息子がケツに野郎のイチモツぶちこまれて喜んでるなんて知ったら、か弱い心臓が止まっちまうんじゃないか？」

「義兄さん、お願いだ」

懇願の声が上擦った。この男はどんな卑怯なこともやりかねない。

「わかってる。言わないって。だが、おまえには罰を与えなきゃなあ、千昭。言ってもわからないんだから、身体で覚えるしかない。馬鹿な犬と同じだよ」

「義兄さ……」

また煙草の痕が増えるのだろうか。千昭の額に冷や汗が滲む。

だが深見は煙草を床に捨てて踏みつけると、グラスを取って水割りらしき琥珀色《こはくいろ》を飲み干した。

空になったグラスを千昭に突きつけ「氷」と要求した。千昭はグラスを受け取り、アイスペールから氷を移す。いくらか溶けた氷の塊はグラスに五個入った。その上に酒を注ごうとすると「氷だけでいい」と言われる。

「ここに這え」

グラスの氷をカラカラと鳴らし、深見は自分の足下を示した。千昭は逆らわなかった。犬のように這い、次の命令を待つ。

「口を開けろ。……もっとだよ、ほら」

顎を強く摑まれて、千昭は痛みに呻く。このあいだのように口淫《こういん》させられるのだろうかと思ったが、深見は自分の衣服に手をかけようとはしない。

「……っ、ぐ……」

「閉じるな。しっかり開けてろよ」

口に詰め込まれるのは氷の塊だ。

ひとつ、ふたつ、みっつ……大きさはまちまちだった。

五つ目をグラスから取って、千昭の口に入れると、深見は「閉じろ」と千昭の頬を突《つつ》いた。言われたとおりにしようとしたが、最後の氷が大きく、千昭の唇は完全には閉じきらなかった。口の中がどんどん冷えて、あまりの冷たさに歯がちりちりと痛む。

「いいか、氷を出すなよ。出したらもっとでかいのを入れる」

深見が千昭の頬を撫で、冷たい笑みを浮かべた。なにをしようとしているのかを悟り、千昭は戦慄《せんりつ》して目を見開く。似たような拷問《ごうもん》の話をどこかで聞いたことがあった。罪人の口の中に石を何個も詰めて殴るのだ。当然、口の中はずたずたに切り裂かれる。

深見の手が上がった。

逃げたい気持ちを抑えつけ、千昭は息を止める。逃げれば制裁はもっと長引く。

「……ぐうっ……がっ……！」

最初の二発は平手だった。

左、そして右から。氷の角が頬の肉に食い込んで痛い。

「ほらっ、しっかり口を閉じとけよ千昭！」

深見は次第に興奮を増し、三発目は千昭を立たせ、自分も立って殴ってきた。

「……う、げっ……！」

体重が乗るぶん、威力は増し、とうとう千昭の口から氷が飛び出してしまう。透明なキューブには赤い血が纏《まと》わりついていた。

「こら、出すなと言っただろ？」

深見が氷を拾い、また千昭の口に押し込める。

口の両端からは、飲み込めない水分がだらだらと流れて千昭の顎を濡らす。口を無理に開けているので、呼吸もうまくできない。苦しい。苦しくて痛い。息が詰まる。

四発目に、拳《こぶし》がきた。

口の中で氷が砕ける。本気の一発だった。千昭は床に倒れ、氷をすべて吐きだした。アイボリーのフロアが、薄赤く染まる。涙がぼろぼろと零れ、鼻水まで垂れた。

「出すなと言っただろうが！」

がつん、と前頭部になにかが当たる。

アイスペールを投げつけられたのだ、ステンレスだからよかったものの、ガラスだったら千昭の頭が割れているところだ。氷と、それが溶けた冷たい水をかぶり、寒さと恐怖で千昭はガタガタと震えた。

「も……も……うぐっ……」

もう許してくれと言いたかったが、口の中が冷え切っていて、うまく舌が回らない。深見の興奮は治まらず、テーブルを引っくり返し、酒瓶やグラスを叩き割り、なにか喚《わめ》いている。今までさんざん深見には虐《しいた》げられてきたが、こんなに荒れる様を見たことはなかった。

殺されるのではないか。

本気でそう思った。めちゃくちゃになったリビングの中央に立ち、深見は肩で息をしている。へたり込んだまま震える千昭を見下ろして「なにブルってんだよ」と聞いた。なにか答えなければと思うのだが、唇はわなわなと震えるばかりだ。

深見は暴れるのに疲れ、いくぶん落ちつきを取り戻したようだ。

右手に持っていた酒瓶で千昭を殴るようなことはなく、ソファの上にボンと放る。それから、数歩進んで千昭のすぐそばに来た。

「……可哀相だなあ、千昭。口じゅう血だらけにして、洟《はな》まで垂らして……こんなみじめな生きモン、見たことねえや」

「……に……にいさ……」

「寒いのか？」

深見の声が穏やかさを取り戻し、千昭は頷いた。これ以上なにかされたら、仕事に行けなくなってしまう。いや、今でももう行けるのかどうかわからない。

「あんまり可哀相だからな……あっためてやるよ」

深見が笑った。

笑いながら、自分のズボンのファスナーを下ろし、性器をずるりと出す。千昭は動けなかった。深見が自分に放尿する気なのだとわかっても、固まったままぼんやりしていた。

ほどなく、湯気の立つ液体が降ってくる。

千昭の頭を、顔を、身体を濡らす。深見はわざわざ方向を調整し、千昭の顔を狙った。アルコールを多量に摂取した時の濃い尿が、千昭の皮膚を容赦なく叩く。

その時、千昭の中で、なにかが壊れた。

ぼろぼろと砕け、千々《ちぢ》に散り……修正しようのない壊れ方をした。

「ああ、すっきりしたぜ」

臭気を放つ水たまりに座ったままの千昭に、深見が言い放つ。そしてふと思いついたように携帯電話を取り出し、放心している千昭の写真を撮った。

「たまには記念写真もいいよな。はは、おまえ、水も滴《したた》るいい男だ」

今まで、深見は千昭の写真や動画を撮ることはなかった。そんなものがなくても千昭は深見の言いなりだし、虐待の証拠が残るのを恐れていたからだ。なのに今日に限って、なぜ深見がそんな真似をするのか——考える力が今の千昭にはない。

「千昭、仕事だろ。早く支度しないと遅刻するぞ？　ああ、その前に、お義兄ちゃんに銀行のカードを置いていけ。暗唱番号は麻帆《まほ》の誕生日のまま変えてないだろうな？」

深見の声が、近くなったり遠くなったりする。だが言っている内容はわかった。結局、金が目的で来ていたのだ。なにかしらトラブルがあって急に必要になったのだろう。頼みの綱《つな》の千昭が留守にしていたものだから、あんなに苛《いら》ついていたのだ。

千昭は顔を拭いもせず、亡霊のような動きで自分のジャケットを示した。部屋に入った時に脱いだそれに、財布が入っている。カードもその中だ。

深見はすぐに財布を見つけ、銀行のカードを取り出した。自分のポケットにさっさとしまい「じゃ、行くわ」と笑ってみせる。立ち去る前に一度千昭に歩み寄り、自分が作った水たまりをぴちゃんと踏んだ。

「わ。汚ねえ」

慌てて足を上げ、靴の裏を千昭の太腿で拭く。

「臭《くせ》ェなあ。おまえも早くきれいにしろよ、一応医者なんだからさ」

それだけ言って、玄関に向かう。

立ち去る義兄の背中を見つめながら、千昭はもうだめだと思った。なにがだめなのかわからないが、きっともうだめだ。真の言うとおりだ。もう自分はだめになるのだ。

涙は流れなかった。

その代わり、口の端から血の混じった唾液がいやというほどに流れた。

6

記憶が、一時的に飛んでいる。

いったいどうやって着替え、支度をしたのだろう。マンションの部屋を片付けたのかどうかも、よく覚えていなかった。タクシーを呼んだのは、ぼんやりと記憶している。

信じられないことに、千昭《ちあき》はあれだけ踏みにじられたあとでも、仕事を休まなかった。さすがに二時間ほど遅刻はしたものの、ふと気がつくと病院の前に立っていた。

「鶉井《うずらい》先生、どうなさっ……」

病棟に着くなり、時間にうるさい看護師長が出てきた。連絡もなく遅れた千昭を問《と》い質《ただ》そうとして、ぎょっとした顔で固まる。それはそうだろう。どう見ても千昭の様相は尋常ではない。アイスペールの当たった前頭部は額まで紫色の痣《あざ》になり、唇は三箇所に裂傷があって腫《は》れ、口腔内《こうこうない》はもっと酷い有り様だ。憔悴《しょうすい》しきった目は落ちくぼみ、患者より生気がなかった。

「な……なにが、あったんですか先生……」

「──回診《ラウンド》に行きます」

短く喋《しゃべ》るだけでも酷く痛む。

手持ちの鎮痛剤を飲んではいるが、それでもつらいことに変わりはない。回診を始めたはいいが、患者たちもびっくりして、驚きのあまり血圧が上がる老人もいたほどだ。途中からはマスクを着用したものの、額の痣は隠しようがない。とりあえず周りには「酔っぱらいに絡まれて殴られた、さんざんだった」ということにしておいた。転んだだとか、階段から落ちただとか、そういう理由でこんな酷い顔にはならない。どこからか噂を聞きつけて様子を見に来た義父《ちち》にも、同じ言い訳をした。

仕事を終えると、看護師長に無理やり外科まで連行される。

ありがたいのか、間が悪いのか……またしても別所《べっしょ》に傷を見てもらうことになった。

「うわあ、なにこれ。口の中、酷いな。こりゃいくら僕でも『痛くない』とは言えないや。唇のほうは……んー、この裂傷は縫っとこうね。動く場所だから、なかなかくっつかないのよ。すぐパカッて開くんだ、パカッて」

麻酔をしてもらい、二針縫われる。

「口の中は、数は多いけど、縫うほどの傷はない。抗生物質と鎮痛剤出しとくよ。しかしこれって……よっぽど悪辣《あくらつ》なやり方じゃないとこういう事態にはならないなあ……ねえ、鶉井先生」

呼びかけられて、視線で答える。はい、を言うのも怠《だる》かった。

「状況、悪くなってない？　そのうち警察沙汰になりそうだ」

「……僕は……」

「ああ、喋らなくていい。なんかよくわかんないけど、どうしようもなくなったら、誰かに『助けて』って言わないと。僕ら医者だから、いつもは言われてばっかりなわけだけど、医者だって人間なんだからね？　刺されれば血が出るし、殴られれば痣になる」

「……ですね」

よく考えて、と別所はいつになく真面目な顔で言い、千昭に処方箋《しょほうせん》を書いてくれた。

その夜、千昭はマンションに帰らなかった。

あのリビングに戻る気がしなかったのだ。ビジネスホテルに泊まり、ゼリータイプの栄養食を胃に流し込み、鎮痛剤を服《の》む。よくないことだとわかっていたが、倍量服用したおかげか、眠ることはできた。

翌朝、鏡を見ると顔の腫れはいくらか治まっていた。それでもまだ患者を驚かせるには充分な状態だったので、マスクをつけて外来診察に当たった。笹森《ささもり》もずいぶん心配してくれて「酷い酔っぱらいですね。訴えてやりたいわ」と憤《いきどお》っていた。

深見《ふかみ》はいつもどおり笑顔の優しい事務長さんの顔で病院に出ていた。千昭を見て「災難だったな」と言えるのだから、ある意味すごい神経の持ち主だ。

「ああ、酷い痣だ。よく見せて」

院内の廊下で近づいてくる。深見のトワレを嗅《か》いだだけで、千昭の胃液は逆流しそうだった。

「……ふざけるな。なんだあの残高は」

ぼそりと呟かれた声に千昭は固まる。だがすぐに患者がそばを通ったため、深見は離れていった。大事にしろよと言い残して背中を見せる。

そうか、と千昭は思い出した。

真《しん》への報酬を支払った口座なので、残高が減っているのだ。あと五十万くらいは入っていたはずなのだが、それでは足りないというわけである。ならば近々、深見が再度金をせびりに来るのは間違いない。千昭がマンションにいなければ、怒り狂うだろう。

仕方なく、その日はマンションに戻った。

リビングの惨状《さんじょう》はそのままで、濡れた床だけは片付けてあった。その場にいるだけで胃がキリキリと痛み、千昭は寝室に逃げ込む。深見はいったいいくら必要だというのだろう。また賭け事にでも填《はま》ったのか。千昭が身を削《けず》って稼いだ金を、どれだけ奪うつもりだろう。

深見はなかなか現れず、ベッドに腰掛けたまま無為《むい》な時間を過ごす。もしかしたら今日は来ないのだろうかと思い始めたのが、十一時頃だった。

闇の中で携帯電話が鳴る。

不思議なことに、悪い知らせの電話は呼出音がいつもと違うように聞こえる。鳴っている時から、ああこれはよくない話なのだなとわかる。少なくともその時の千昭にはわかったのだ。

電話は義父からだった。

お母さんが、と言って声を詰まらせる。

母の訃報《ふほう》だった。突然の発作で、息をひきとったと。

千昭は「わかりました」と電話を切った。まだ義父がなにか言っていたが、切ってしまった。母の死に関する話をそれ以上聞きたくなかった。

口の中が痛い。

鎮痛剤をぼりぼりと噛んで飲み込む。

額が熱くてくらくらする。のぼせているようなので、夜風に当たろうとベランダに出た。初冬の冷気が千昭を包み、見上げると星が瞬《またた》いた。東京でも、冬には星がいくらか見える。もちろん、このあいだ群馬《ぐんま》で見たような数は望めないが、それでもカシオペアくらいは判別できる。

あの夜は楽しかった。

カレーはとても美味しかった。

ふたりで獣のように交わり、最高のセックスをした。あの夜に死ねたらよかったのにと思う。そうしたら、帰ってきてからの最悪な出来事を体験せずにすんだのだ。氷を口に突っ込まれて、殴られて、小便をかけられて金を奪われ、その翌日に母親が死ぬ。

強い風が千昭の髪を乱す。

この階からならば、落ちれば死ねる。ベランダの柵《さく》は容易に乗り越えられる。

千昭にはもうわからない。生きている意味がわからない。別所の言葉を思い出す。誰かに助けてと言え——けれど誰に言えばいいのだろう。

いったい誰に、助けを求めればいい？　そこまで親しい友人はいない。義父は息子を守ろうとするだろう。警察は民事不介入だし、スキャンダルになるだけだ。

握ったままだった携帯を眺める。

発信履歴の最後を見た。名前の登録はない。かけた記憶もなかった。

誰の番号だっただろうと思いながらかけてみる。ただの気まぐれだ。時刻は深夜だったが、今の千昭にはどうでもいいことだった。

『──はい』

「……誰？」

先方は驚いただろう。かけてきた相手が、誰、と聞くのだから。

『千昭。俺だ』

しかし驚いたのは千昭のほうだった。

真の声だ。どうして発信履歴が残っているのだろう。

そこでやっと思い出す。あの朝、真の携帯が見つからないと言って「鳴らしてくれないか」と頼まれた。千昭が最後にかけた相手は、真だったのだ。

『千昭。どうした。なにかあったのか』

「……ゲームをしよう……」

千昭は掠《かす》れた声で言った。

『ゲーム？』

「相手を説得したほうが勝ちの、ゲーム」

真はしばらく黙《もく》していたが、やがてごく静かな声で『いいぞ』と答えた。千昭はベランダにしゃがみこんで、ゲームの説明をする。

「僕は今、ベランダにいて飛び降りようかと思っている。たった今、母が死んだという連絡が入って、なんだかもう、すべてが面倒になった。自分がどうして生きていなきゃいけないのかわからない。僕が飛び降りるのを止められたら、きみの勝ちだ」

一瞬、真が息を呑む音が聞こえたように思えた。

「さあ、真。僕を説得して」

『……どうして千昭が死ななきゃならない？』

「死ななきゃならないというか、生きているのがつらい。もう疲れた」

『母親が死んだからか』

「それだけじゃない。説明しきれないけど、疲れた。もう僕はぼろぼろなんだよ」

『そこへ行っちゃいけないか』

「なんできみが来る？　僕はもう客じゃないよ。金もない」

『言っただろ。金なんかいらない。仕事じゃないんだ。正直……自分でも、まだよくわからない。こういう気持ちになったことがなくて』

か細い吐息で千昭は笑った。

「上手だな。アフターサービス？」

『真面目に聞けよ』

少し怒ったように、真が言った。

「いいよ、聞こう」

『おかしな現象が起きてる。俺は今まで……ひとりでいるのが好きで、それで満足だった。人間嫌いという意味じゃない。他人の話を聞くのは苦じゃないし、旅先で友人を作ることも多い。でも、自分と他人をごっちゃにしたことはなかった』

「……ごっちゃ？　意味がよくわからない」

手すりに凭《もた》れて千昭は聞いた。家の中で固定電話がずっと鳴っている。義父がまたかけてきたのだろう。

『おかしいんだ。ごっちゃになってる。千昭と俺は別人なのに、千昭がつらいと俺までつらい。耐えがたいほど、つらい』

「ずるいぞ。それはこのあいだ僕が使った手だ。きみが健康じゃないと僕もつらいから、煙草《たばこ》をやめて……」

『それと同じだ』

「じゃあ教えてあげるよ、真。それは錯覚だ」

鳴り続けていた電話が切れる。途端に怖いほどの静寂が訪れ、千昭の肩に手を置いた。

「僕がどんなにつらくても、痛くても、きみにはなんの関係もない。勘違いみたいなものだ。どうせすぐに忘れてしまうから――心配することはないんだ」

『勝手に決めるな』

明らかに憤った声で、真が言った。

『すぐに忘れるなんて、どうしてわかる。なんでそう言える？ ならどうして、今俺の心はこんなに痛いんだ？』

「それは……」

『あんたがベランダから飛び降りるかもしれないと知って、どうして俺の心臓は破れそうになるんだ？ 叫びだしたくなるんだ？ 俺が今、どれだけ必死に平静を保っているのか……あんたには、わかっているのか？』

真の言葉尻が震えた。それすらも演技かもしれない。けれど、もう客でもない相手に、そんなにサービスをする必要がないのも本当だ。千昭は混乱する。よくわからなくなる。

『死ぬな』

命令の形なのに、懇願が色濃く滲《にじ》む声だった。

『あんたが死ぬなんて耐えられない。俺に最後の電話をしてそこから飛び降りるなんて、俺には耐えられない。想像もしたくない。だめだ。絶対に、だめだ』

「……ぜんぜん論理的じゃないな。説得になってない……」

『論理なんか知るか。あんたは酷い。自分勝手だ。俺のことをこれっぽっちも考えてない。いいか、俺は今まで、客に自分を買えなんて言ったことはない。一度もだ。あんたが初めてだ。自分のジープに乗せたのもあんただけだし、カレーを食《く》わせたのもあんただけだ。それなのにあんたは、俺に電話をかけて死ぬっていうのか？　そんな残酷なことをするのか』

死なないでくれ——真が繰り返す。

『千昭、死なないでくれ。頼む。俺はなんだってする。あんたを守る。深見を殺して、刑務所に入ったっていい。だから死なないでくれ』

「なに言いだすんだ。きみが深見を殺す必要は……」

『千昭が死んだら、あいつを殺す』

「真」

『殺す。絶対にだ』

聞き分けのない子供のように真が言う。すっかり興奮し、怒り、千昭は宥《なだ》め役《やく》に回らなくてはならなくなった。「わかった、死なないから」と折れているのに、真は何度も『殺してやる』と繰り返す。電話の向こうで、ドスドスとなにかを叩くような音が聞こえる。真が壁を殴っている光景が脳裏に浮かび、千昭は焦った。手すりを乗り越えたいという衝動は、いつのまにかすっかり鎮静していた。

「落ちついてくれ真。僕は死なないから……麻帆《まほ》も、悲しむだろうし……」

『……そうだ。麻帆ちゃんが可哀相だ』

真がやっと同意し、声にも落ちつきが戻る。ドスドスいう音もやんだ。

部屋の中から、再び鳴っていた固定電話が留守番モードに切り替わるのが聞こえる。千昭ちゃん、いるんでしょ、と麻帆の泣き声がしていた。

「……実家に、行かないと」

早く帰ってきてと泣く麻帆の声を聞きながら、真に告げる。

『ああ。……大丈夫か？』

「うん。麻帆のそばに……いてやることにする」

『それがいい。……千昭、また会えるか』

そう聞かれて返事をためらう。

会えるという約束はできないが、会えないと言い切ることもしたくなかった。今真との縁が切れてしまったら、千昭は自分を支える自信がない。

「……僕も、会いたい」

今言えるのは、この返事だけだ。

『いつでも連絡をくれ』

「当分は無理だと思うけど……」

『それはわかってる。大丈夫、俺は《待て》のできるライオンだ』

ほんの少し、千昭は笑うことができた。

千昭を覆っていた真っ黒な虚無感に、真は亀裂を入れてくれた。悲しみと不安はいまだ大きかったが、とりあえず現実に立ち向かおうと思えるようになった。知らないうちに、真は千昭の心の、とても深い場所に根を下ろしていたのだ。

電話を終え、すぐに麻帆にかける。

お母さんが死んじゃったよ、と妹は泣いていた。その声を聞いて、初めて千昭にも涙が零れてきた。最後まで千昭のセーターを編んでいたと聞いて、嗚咽《おえつ》が止まらなくなった。


義父が病院長という立場もあり、母の葬儀はそれなりの規模となった。

通夜も告別式も大がかりで、スタッフの数も多い。派手な祭壇《さいだん》で母の遺影が困ったように笑っている。千昭はずっと麻帆につきそい、ふたりで首に揃いのマフラーを巻いていた。セーターは間に合わなかったが、マフラーは兄妹のぶんができあがっていたのだ。

義父は怒っていた。

悲しみを紛らわせるためもあったのかもしれないが、酷く怒っていた。

深見が現れないのだ。

もちろん連絡は入れたが、携帯は通じない。病院も無断欠勤して、通夜にも告別式にも姿を見せない。いくら血の繋がりがないからといって、なんたることだと憤慨する父に、千昭は小声で
「なにかあったのかもしれません」と話した。

「変です。義兄《にい》さんは無断で仕事を休んだことなんかないのに……事件や厄介事に巻き込まれたりしてないでしょうか」

「……あいつ、まさかまた悪い癖が出たんじゃなかろうな」

眉を寄せて、義父が案ずる。以前の借金の件を言っているのだ。

「まったく困った奴だ。あいつは昔からそうだ。医者になるのはいやだの、千昭に相続権を放棄させろだの、借金を肩代わりしろだの好き勝手しておいて、そのくせ外面ばかりいい」

「やめてください」

千昭は静かに義父を諌《いさ》める。

「お父さんがそんなふうに仰《おっしゃ》るから……義兄さんはますます意固地《いこじ》になるんだと思います」

「そうは言うがな、千昭。伊織《いおり》には昔から手を焼いているんだ。おまえには言わずにきたが、あいつが女の子を妊娠させて、慰謝料を払ったのは二度だぞ」

「……え」

「しかも、それぞれ別の子だ」

ふう、と義父は溜息をつく。

千昭は義父の顔を見たまま、薄く口を開けて言葉もない。

深見が女の子を妊娠させた？　女の子を抱けないはずの深見が？　火傷《やけど》の痕を気にして、プールや海にも行けないと千昭を責めていた深見が？

「最初のひとりはまだ大学生の時だな。安静にしてなければいけない母さんまで連れて、先方へ土下座しに行ったんだ。本人もその場では殊勝な顔をしていたくせに、家に帰ると『安全日だって言われたんだよ』と言いだした。殴ってやろうかと思ったよ、あの時は」

「そ……ぜんぜん、知りませんでした……」

「兄貴として情けないから、千昭と麻帆には言ってくれるなと、そこだけは真剣に頭を下げられたからな。しかし、そろそろ私も堪忍袋の緒が切れそうだ。母さんが逝ってしまったというのに……どこでなにをしているんだか……」

見る見る義父の目が赤くなっていく。

母は、この人に愛されていた。長い人生だったとは言えないけれど、苦労も多かったと思うけれど——少なくとも母は、再婚してよかったのだ。

「とにかく、伊織のことはもう少し待ってみて、それでも連絡がなければ警察に届けよう」

「それがいいと思います」

「千昭、おまえも疲れただろうが、今夜からしばらく麻帆と一緒に和室で寝てくれるかい」

「はい。そのつもりでした」

麻帆は通夜からずっと泣きっぱなしで、すっかり目が腫《は》れぼったくなっている。パジャマの上からも、母の編んでくれたマフラーを巻いて、そこにパタパタと涙を零す。

ふだんは客間として使っている和室に、布団をふたつ並べて敷く。

千昭は妹に、泣くな、とは言わなかった。

気の済むまで泣いたほうがいい。涙は心の中に留まろうとする深い悲しみを、ほんの少しずつ溶かしてくれるものだ。

「千昭ちゃん……お母さんの鏡台の引き出しに、こんなのあったの……」

麻帆が畳の上にそっと置いたのは、白い封筒だった。麻帆ちゃんへ、と母の字で記してある。

「手紙……？」

「うん。読んで」

「いいのか？」

「うん」

それは遺書のようなものだった。書かれたのは二年ほど前で、ちょうど母の容態が悪化してきた頃だ。

ほとんどは麻帆に関する母の思い出で、母が麻帆をどれだけ愛しているかがせつないほどに伝わってくる。

最後のほうには不思議なメッセージがあった。

母が亡くなったあとは千昭によく相談し、できれば海外に留学するようにと勧めているのだ。

――お父さんでも伊織さんでもなく、千昭兄さんに相談しなさい。あなたのことを一番わかってくれるのは千昭兄さんです。さみしいだろうけれど、深見家からはなるべく早く独立し、よき伴侶《はんりょ》を見つけてください。

細い字が、せつせつと訴えている。

「ね、おかしいでしょ？」

すん、と鼻を鳴らして麻帆が言う。

「海外留学だとか、独立だとか……お母さん、なんでこんなことを書いたんだろうね」

「そ……うだな。不思議だな」

麻帆にはそう答えたものの、千昭の鼓動はすっかり速くなっていた。

母は、知っていたのだろうか。千昭に降りかかる義兄《あに》の暴力に、気づいていたのだろうか。

千昭が我慢しているのは、自分と麻帆のせいだと――思っていたのだろうか。あるいは、確証はなくとも疑っていた可能性もある。だからこそ千昭が家を出る時、止めようとしなかったのではないか。

そう考えれば、この手紙の意図は明確だ。

母亡きあと、千昭が守るべきは麻帆ひとりになる。千昭が深見から解放されるためには、まず麻帆を安全な場所へ移動させなければ……母は、そう考えたのではないだろうか。

「留学、かあ……」

「興味あるのか、麻帆」

布団の上で枕を抱えて「よくわかんない」と麻帆は答えた。

「でも、お母さんの遺言だし、考えてみる」

「そうだな。まだ先の話だし、ゆっくりでいい。さあ、もう寝よう。疲れただろう？」

妹に布団をかけてやり、千昭は灯りを小さくした。泣き疲れたのだろう、ほどなく麻帆の寝息が聞こえてくる。一方で千昭はなかなか寝つけなかった。

母がなにをどこまで知っていたのか、今となってはもうわからない。

千昭への暴力を目にしたことがあったのだろうか。だとしたら、その時母はどれほど苦しんだだろう。自分を責めただろう。

まだそのあたりに母の魂がいるのならば、あなたのせいじゃないよと言ってあげたい。母は麻帆を、家を、守りたかっただけだ。それを誰が責められるだろうか。

悪いのは深見だ。

いったいいつから——騙《だま》されていたのか。

少なくとも、深見は大学生の時点ですでに女性とつきあっていて、性交渉もあったということになる。ずいぶん長い間深見にはめられていたのだ。

怒りがないわけではない。

十年ものあいだ、騙されていた恨みもある。だが、それ以上に安堵が大きかった。深見のケロイドが消えてなくなったわけではないが、少なくとも、それが原因で女性を抱けないわけではないのだ。ならばもう、千昭は深見から解放されるべきだ。

しかしまだ、麻帆にばらすぞと脅《おど》される可能性はある。多感な年頃の妹に真実を告げるのは避けたいが、義父には知ってもらわなければならない。母の死は、千昭に大きな衝撃と同時に前進の機会を与えてくれた。この先も容易ではないだろうが、それでも今までの閉塞感《へいそくかん》に比べれば――

――ほら、風が流れているのを感じる。

靄《もや》が次第に晴れていって、向こうに誰かがいるのが見える。

広大な、草原。

熱帯のサバンナ。雨季と乾季が繰り返される大地。

バックパックを担《かつ》いだ真が立っている。その足下にはライオンを従えている。そんな馬鹿な、これは夢だ……夢の中でそう思った。ライオンのたてがみが揺れて、真の髪も揺れる。

真がこっちを見た。

千昭を見つけて、笑った。満面の笑みを見せてくれた。

いい夢だった。

悪夢以外の夢を見たのは久しぶりな気がする。

翌朝、千昭は真に電話をした。前回の電話から、四日が過ぎてしまっていた。それを謝ると真は『千昭が無事ならいい』と言ってくれる。それからいつもよりずいぶん遠慮がちな声で『無理じゃなければ……会いたい』とつけ足した。

そんな台詞《せりふ》を聞くと、ふわりと身体が浮かび上がるような気分になる。けれど、今の千昭の顔を見たら真はきっと驚くだろう。麻帆ですら顔色を変えたのだ。

「もう少ししたら、会えると思うから」

『そうか。わかった』

「話したいことが……たくさんある。誰かと話がしたいなんて思うの、久しぶりなんだ」

『なんでも聞く。あんたのことなら、なんでも知りたい』

猛獣のくせに、なんて甘い声を出すのだろう。千昭は熱くなってきた額に手のひらを当て、「困ったな」と弱音を吐いた。

『どうした?』

「会いたくて……たまらなくなってきた」

『俺なんか、会いたくて喉から手が出てる』

「またそういうことを」

『本当だぞ。喉から出た手で携帯を握ってる。見せられないのが残念だ』

真は真面目な声で冗談を言う。

千昭は少し笑った。会いたい気持ちはますます募る。母が編んでくれたマフラーを真に見せたい。母がどんな人だったのか、どんなふうに千昭を愛してくれたのか——話したい。

「このあいだちょっとトラブルがあって……今、顔がみっともないことになってる」

『深見か』

「まあ、そうなんだけど。僕の顔を見ても驚かないって約束できるか？」

できる、と真は即答した。そう返されれば、千昭ももう我慢が利《き》かない。

日中は互いに仕事や用事があったので、その日の夜零時《れいじ》に千昭のマンションで会うことにした。どんなに遅い時間だろうが会いたい気持ちは、ふたりとも同じだった。

病院に出るのは数日ぶりだった。

まず各部署を回って、参列してくれた人や弔電《ちょうでん》をくれた人たちに礼を言う。外科の別所《べっしょ》も告別式に来てくれた。ありがとうございましたと頭を下げると「鶉井先生はお母さん似だったんだねえ。とてもきれいな方だった」と言ってくれた。

「で、傷どう？　ちょっとアーンしてみて」

ついでのように診察される。ペンライトを片手に千昭の口腔内《こうこうない》を観察した別所は「よくなってきてるね」と頷いた。

「顔色も、このあいだよりだいぶましだ。でもまた痩《や》せたでしょ」

「この口じゃ、食べられるものは限られてますから」

「そりゃそうか。まあ、きちんとカロリーは摂取して。……そうそう、事務長、行方不明なんだって？」

深見が突然いなくなった件に関して、院内で知らない者はいない様子だ。

無断欠勤が続いたうえに、葬式でも姿を見かけないのだから当然だろう。千昭としては「失踪《しっそう》しました」と言うわけにもいかず「諸事情ありまして」と曖昧《あいまい》にしておく。

「……これはね、総合受付に聞いた話なんだけど」

別所が言うには、数日前、深見を訪ねてきた人物があったという。背広姿の男性三人組で、ちょっと見は普通の会社員といったところなのだが、醸《かも》し出《だ》す雰囲気がどことなくヤクザめいていたそうだ。

「受付の廣井《ひろい》さん、ベテランだからね。そのスジの人が来ると、なんとなくわかるらしいよ」

別所が言い、千昭は思案する。

こういうことは初めてではない。かつて深見が填った地下カジノは、当然のごとく暴力団が仕切っているクラブだった。深見は頭の悪い男ではないが、世間を舐めているところがある。おまけに坊ちゃん育ちなので、連中に足下を見られたのだ。違法な金利の金貸しに頼り、いよいようしようもなくなって、義父に泣きついたという経緯《いきさつ》である。

もともと、違法賭博《いほうとばく》に手を出しての借金ゆえに、違法金利だなどと言えた義理ではない。金貸しも暴力団の舎弟企業だ。義父はこれ以上のトラブルを恐れ、金で片をつけたのだ。

「その人たちは事務長に会いに来たんだって。内線で呼び出すと、ものすごく焦《あせ》った声で応接室に通すように言われたそうだ」

「……そんなことがあったんですか」

「余計なお世話かもしれないけど、事務長さんの件警察に届けたほうがいいかもよ」

「院長に相談してみます。すみません、ご心配をおかけして」

別所は「どういたしまして」とにこやかに手を振った。千昭はその足で院長室に赴《おもむ》き、義兄の件を伝えた。義父は深呼吸のような溜息をつき「警察に届けるか……」と呟く。

そんなふうに気忙しい一日ではあったが、午後は通常どおり外来診察をこなし、さらにここ数日の担当患者の様子をチェックして、十時前に仕事を終える。一度実家に連絡を入れて、麻帆に今日はそっちに帰れないと伝えた。妹は少しごねたものの、義父に宥《なだ》められて「明日は来てね」と納得した。

まだ約束の時間ではないというのに、千昭は急いでマンションに向かった。

真が来るまでに部屋を片付けたい。酒の匂いが染《し》み込《こ》んだラグは捨ててしまおう。寝室のシーツを換えて、自分もバスを使って……確かもらいもののトワレがあったはずだから、たまには使ってみようかと思った。真の好みの香りだといい。

母が亡くなったばかりなのに、こんな気分になっている自分の不謹慎さを恥じると同時に、母はきっと赦《ゆる》してくれるという思いもあった。

自分の部屋に入り、染みの残っているラグを丸めた。まだ酒臭さが残っている。それをベランダに出し、部屋の中に戻る。

カタッ、と小さな音が聞こえた。

なんだろう、と思ったものの、気が急《せ》いていたのであまり気にしなかった。それより、冷蔵庫の中にドリンクはあっただろうか。ビールは？　あるいはワインのほうがいい？

千昭は真を迎え入れる準備で頭がいっぱいで、日頃の慎重さをなくしていた。いつもの千昭ならば感じ取っていたであろう不穏な空気に、気がつかなかったのだ。

着替えようと寝室に入った途端、千昭の身体は自由を失った。

「……っ、な……！」

なにが起きたのかわからない。

誰かが千昭を羽交《はが》い締《じ》めにしていた。深見ではない。身体つきが違う。もちろん真でもない。寝室はブラインドが下ろされ、月明かりすら入らずに真っ暗だった。

「だ、誰だっ……ぐ、うっ……」

口の中になにか突っ込まれた。プラスチック素材のボールに感じられる。ベルト状のものが頬に食い込み、固定され、千昭はもう呻《うめ》くことしかできない。

「う、んう……ッ」

喉に圧を感じた。後ろに立っている男が腕を食い込ませているのだ。

別の誰かが千昭の服を脱がせていく。途中、ピリピリと刃物で服を裂く音も聞こえた。あまりにも手際がよくて、千昭は恐怖に竦《すく》む。これは、プロの仕事だ。いつもこんな真似をしている連中が、今ここにいるのだ。

全裸にされたあと、一枚だけなにかを羽織《はお》らされる。

さらに首に何か軽いものをかけられた。膝裏を蹴られ、強引に歩かされる。数歩で止まり、強く肩を押された。尻が椅子の座面に当たる。これは書斎にあるはずの、ワークチェアだ。両脚を深く曲げさせられ、千昭の固い股関節《こかんせつ》がギュッと縮む。椅子の座面に足裏が乗り、M字に開かされた。そのまま左右それぞれの手首に固定される。

「よし、灯りをつけろ」

ひとりが言い、部屋の電灯がついた。千昭はその眩しさに目を細める。同時に、自分を囲む見知らぬ男が三人いて……部屋の隅には卑屈な笑みを浮かべた深見がいるのを見つけた。

千昭が裸体の上に着せられたのは白衣で、首にかけられたのは聴診器だった。

男のうちのひとりが、ハンディカメラを構えている。カメラからはすでに、稼働音が聞こえていた。――間違いなく、事態は最悪だ。

「エロいなあ、先生」

千昭の前に立つ半裸の男がにやけて言った。ジーンズだけを身につけ、歳《とし》は二十代半ばくらいに見える。

「なあ、この人、本物の医者なんだろ?」

ああ、と答えたのは深見だ。千昭が睨みつけると、頬を引《ひ》き攣《つ》らせて嗤う。

「内科医だよ。専門は呼吸器」

「現役のお医者さんが裸エプロンならぬ裸白衣で、ギャグ咥《くわ》えてM字開脚。これはマニアにはたまんないだろうな。……あれ、おでこの痣はどうした?」

男に額を撫でられ、千昭は頭を振った。

「可愛い。イヤイヤってか」

男はにやにやと笑うばかりだ。その横で、もう少し年嵩の筋肉を誇示した色黒男が服を脱ぎながら「本当にここでいいのか」とカメラを持った髭面《ひげづら》に聞く。

「場所、移動したほうがいいんじゃないか?」

「いや。拉致《らち》るとあとが面倒だ。このマンションは死角がない。廊下もエントランスもぜんぶ監視カメラで撮られてるからな」

髭男がそう答え、深見に「だな?」と確認する。

「そう。ここのセキュリティは堅固だからね。なに、安心していいよ。この部屋を訪れるような友人は、この先生にはいない。さみしい人なんだ」

へらへらと深見が答える。

「唯一可能性があるとしたら妹だが、さっき電話したら家にいた。問題ないさ。俺はどこにいるんだってえらく叱られたけど」

「よし。じゃ、始めようか」

にやけた半裸の男が千昭の背後に回る。

「震えてるの、先生？　大丈夫、あんたが協力的なら、それほど痛かねえさ。DVDも顔はちゃんと隠してやるよ。まあ、どうしても裏バージョンてのは流出するんだけどね……ああ、そんなに緊張しないで」

首、肩、胸とべたべた触られて怖気《おぞけ》が立つ。乳首をぐりぐりと摘まれれば、どうしたってそこが固くなった。男が「乳首勃起《ぼっき》。いやらしいな」と嗤う。

髭男のカメラが近づく。屈辱に歪んでいるであろう千昭の顔を撮影する。唾液がとろとろと零れ落ちる。唇も口の中も痛い。ギャグには穴が開いているものの、息がしにくくて苦しい。

「先生、お母さん死んだばっかりなんだって？」

膨《ふく》らみなどない胸を揉むようにしながら、にやけ男が言った。

「まあよかったんじゃないの。少なくとも、息子が主演のエロDVDを観《み》るようなことはないわけだ。……なに唸《うな》ってんだよ。はは、怒った？　怒ってないで、もっと足こっち……はいはい、アナルご開帳」

「う……うーっ、うぐっ……！」

膝をますます胸に近づけられ、腰が上がる。

カメラが千昭のもっとも奥まった部分に近づいた。男の手が襞《ひだ》を引っ張るようにして広げ「お医者さんのケツ穴、ちゃんとピン合わせて撮ってやって」と髭男に言った。

「中、どう？」

「きれいな色してら。ヒクヒクして、締まりも良さそうだ」

「けどバージンじゃないんだよな？」

質問された深見は「とんでもない。でかいの突っ込まれて尻を振る淫乱《いんらん》だ」と答えた。

「じゃあ、最初から極太いっちゃう？」

千昭の尻を広げている男が言う。

色黒男が手にしたものを見て、千昭は身体を竦ませた。いわゆるバイブレーターというやつだ。男性器を象《かたど》ったそれは太く、ごつごつと不気味に隆起していた。

無理だ。あんなもの、まだ経験の浅い千昭に入るわけがない。肛門裂傷どころか、下手をしたら直腸に傷をつけてしまう。

「う……ううっ……う！」

千昭は必死に首を横に振る。色黒男が「ビビってるな」と不気味に笑い、バイブに潤滑剤を塗りつけた。

「こっちのお口にも塗ろうな？」

無骨な指が、ぐいぐいとそこに潜り込んできた。力を抜けと言われたが、無理に決まっている。

唯一の頼みは真だ。壁の時計は視界に入っている。あと一時間くらいすれば、真が来てくれる。けれどそれまでに——千昭はどこまでぼろぼろにされるのだろう。ここにいる三人、全員に犯される可能性は高い。

「入れるぞ」

「——っ、う、う……ぐ——ッ！」

千昭は背を仰《の》け反《ぞ》らせ、くぐもった悲鳴を上げた。

身体が痙攣《けいれん》するように震え、椅子までがガタガタと揺れる。背後の男が「おお、活《い》け作《づく》りにされるサカナみてえだな」と千昭を押さえつける。

身体がふたつに裂かれるようだった。痛いというより、苦しい。直腸に埋められた異物の影響は、他の内臓にまで強く及んだ。胃がせり上がるような感覚に、千昭は息を詰める。喉をそらして引《ひ》き攣《つ》る千昭を覗き込み、背後のにやけ男が「息しないと死ぬよ？」と笑った。

「おい、本当に死にそうだぞ。ギャグ取ってやれ」

「けど叫ぶんじゃないか？」

「ここなら防音はしっかりしてるだろ。ある程度声があったほうが、盛り上がるしな。……あんまりうるさかったら、ちょっと痛い目に遭わしゃいい」

千昭の口から、ボールギャグが取り除かれる。

「ぐっ……かはっ……ひゅ……」

足りなかった空気を貪《むさぼ》るように吸って、ぜいぜいと胸を喘《あえ》がせる。千昭が最初に発した言葉は「抜いてくれ」だった。髭男がにやりと笑い、カメラが近づく。

「抜い……無理、だ。苦しい……これ、抜いてくれ……っ」

「ん？　なに抜いてほしいって？」

「バ、バイブ……」

「バイブね。それ、どこに入ってるのか、言ってみな。そしたら抜いてあげる」

千昭は一瞬ためらった。どんな言葉をセレクトすればこの連中の意に添うのかわからなかったのだ。すると色黒男が「言えないらしいぜ。しょうがないな」と手元のコントローラーを弄《いじ》る。

「ひっ……、あぁっ……！」

千昭の内部で強い振動が生まれた。

苦しさは増したが、同時にバイブは前立腺裏を的確に刺激する。そこで得る快楽は、真にたっぷりと教えられていた。千昭の性器が、意志に反して反応を始め、男たちを喜ばせる。

「はっは。本当に淫乱ドクターだな」

「ケツ穴にバイブ入れられてよがってら」

「おい、こいつはおまえと兄弟なんだろう？　恥ずかしい弟だな」

男たちの言葉を受け、深見は「本当に恥ずかしいよ」と空々しく答える。

「まあ、このエロい弟のおかげで、おまえの借金はチャラになるんだから、感謝しないといけないんじゃねえの？　あー、ほら、泣いてる。いい顔するなあ、この人。専門家に預けてさあ、M犬にしたら稼ぐんじゃないか？」

「いっ……やっ……止め、てく……ひっ……」

男たちは煙草を吸ったり、ビールを飲んだりしながら、身悶《みもだ》える千昭を嬲《なぶ》った。乳首を引っ張られ、半端に勃起したペニスを足でぐりぐりと踏まれる。バイブを抜きかけ、また突き入れ、悲鳴を上げる千昭を「いいねえ」と嗤う。

やがて千昭は椅子の上でぐったりとし、身じろぐことすらできなくなった。一度は勃《た》ったものも、すでに力を失っている。

「ベッドに移そう。エロ先生に、本物をくれてやらないとな」

縛られていた手足が解放されたが、関節が固まってろくに動けない。すでに朦朧《もうろう》としてきた頭で千昭は考えていた。

真が来てくれたとしても、どうやってここに入る？　真は鍵を持っていない、インターホンを鳴らして誰も出なければ、そのまま帰ってしまうのではないか？

絶望が静かに降ってくる。

ベッドに投げ出され、色黒男が覆い被さってきた。

頬をべろりと舐められた。まるで味見のように。真が金茶色のライオンなら、この連中は薄汚いハイエナだ。……いや、それはハイエナに失礼だろう。懸命に生きる野生動物に、これほど卑劣な者はいない。ここまで性根が腐るのは人間だからなのだ。

息が　苦しい。

でももう、いい。息なんかしたくない。いっそ殺してくれればいいのにと思った。

この人生は、どこまで落ちるのだろう。千昭がいったい、なにをしたというのだろう。

「泣くなよ先生。いいお薬入れてやる」

言われて、自分が泣いているのだと知った。

髭男が色黒男になにか渡す。粉状の薬物が小さな袋に入っているようだ。ろくな薬ではないのはわかりきっている。自分はこのまま中毒患者になるのだろうか。

うまくいかないものだ。

今夜は真に抱いてもらえると思ったのに。

さんざん抱き合って、眠って、ふたりで草原に立つ夢を見ようと思っていたのに。

色黒男が、千昭の腰を上げさせる。直腸の粘膜に直接塗ろうとしているらしい。抵抗する気力もない千昭のそこがこじ開けられる直前――ゴッ、という音がした。

色黒男が「ぐ」と短く呻き、頭がガクリと沈む。男の後頭部を直撃し、ベッドに落ちたのはワインのハーフボトルだ。かなりの勢いで飛んできたらしい。

唐突に電気が消えた。

真っ暗だ。唯一、ハンディカメラの灯りがうろうろと彷徨《さまよ》う。

「な、なんだ、誰だっ」

「くそ、おい、誰も来ないはずじゃ……がっ……！」

髭男の声がして、カメラがガシャリと落ちた。足音がして、再び灯りがつく。壁のスイッチにへばりついていたのは深見だ。そして——髭男に摑みかかっているのは真だった。どうやって入ったのかはわからないが、とにかく真が来てくれたのだ。

「ちきしょう、なんだてめえ！」

髭男にのし掛かっている真を、にやけ男が後ろから羽交い締めにしようとする。だが真の肘が男の鳩尾《みぞおち》に見事ヒットし、丸くなって呻いた。

髭男は襟首を摑まれたまま、ガツガツと床に頭を打ちつけられる。やめてくれ、丸まった男が半べそで叫んだ。

「し、死んじまうよ……っ、やめてくれえ」

真は立ち上がり、髭男を蹴り飛ばす。ヒイ、と叫んだにやけ男も、顔に一発蹴りを食らった。腕で覆っていたものの、身体は壁まで飛ばされる。

ワインボトルをぶつけられた色黒男がよろよろと起き上がり、「てめえ」と真を睨んだ。

体格は両者互角だが、反射神経は比べものにならない。

真に摑みかかろうとしたものの、簡単にかわされて、腹に拳を決められる。見事に肝臓に決まり、男はその痛みに転げ回る。

「く、くそっ……」

ベッドに飛び乗ってきたのは深見だった。千昭の後ろに回り、喉元にナイフを突きつけて「動くんじゃねえ!」と裏返った声で叫ぶ。

真はゆらりとベッドを向いた。

ハンディカメラを手に、深見以外の男たちに「帰れ」と静かに告げる。

「大事になれば、組に迷惑がかかるだろう? 今のうちに帰ったほうが身のためだ。こいつの借金は、別の方法で搾《しぼ》り取《と》れ」

髭男の判断は早かった。言われたとおりにしろ、とほかのふたりに命じ、ろくに荷物もまとめずよろよろと部屋を出ていく。深見は「お、おいっ」と焦ったが、振り返りもしない。

乱れた寝室に、三人が残る。

ナイフを持つ深見の手が震えていた。立っているだけの真の背中から、青い炎のような怒気が立ち上っていた。

「千昭を放せ」

ライオンが、唸る。

「……お、おまえが先にここを出て、ベランダに行け。そしたらちゃんと、こいつを放す」

「お断りだ。おまえの言葉などなにも信用できない」

「い、言われたとおりにしないと、こいつを刺すぞ！　俺は本気だっ！」

「おまえにできるものか」

「は……はは、できないと、思ってるのかよっ……できるさ、どうせ俺はもう、ひとり殺してんだからな！」

真が僅かに眉を寄せた。

不安定に揺れるナイフが、千昭の喉元から眼前へと移動する。

「なあ、千昭……俺、どうしても金が必要でさあ、なのにおまえ、あれっぽっちしか口座に入れてなくて、俺はほとほと困っちまって……おまえの母さんに、借りようと思ったんだ」

ナイフの刃先が光る。そこに母が見えた気がして、千昭は瞠目《どうもく》した。

深見と母。

青い顔をしている……母。

「どうせ家で寝てるだけだ。金なんかいらないだろ？　だからさ、見せたんだよ……このあいだの記念写真」

ひっ、と喉を引き攣らせて深見は嗤う。

「水も滴るいい男の、おまえ。なんで濡れてるのかも、説明してやったよ」

刹那《せつな》、身体じゅうの血が沸騰した。

「そしたら、こっちが金をせびる前に発作起こしやがって……看護師は来ちまうし、親父は駆けつけるしで……はは、おまえのお袋、ちっとも役に立たないまま死んじまった」

熱い。

煮えたぎる血液が毛穴から噴き零れるのではないかと思った。髪も逆立つほどの怒りの中、千昭は歯を剝いた。目の前にある手の甲に思いきり嚙みついた。

ぶつぶつっ、と皮の切れる感触が歯茎《はぐき》に伝わる。

深見がギャアと叫び、ナイフを取り落とす。

それを拾うと、獣のような俊敏さで深見を突き飛ばし、のし掛かった。今までの人生でこれほど速く動けたことはない。アドレナリンが身体中を駆け回っている。さっきまで感じていた身体の痛みも苦しみも、すべて吹き飛んでいた。

口の中にあった深見の手の皮を吐きだす。

赤い塊《かたまり》が、深見の頰にべしゃっ、と張りついた。

「殺す」

妙に甲高い声になっているなと、自分で思う。

「おまえ　殺す　殺す　こっ……ころ……」

なぜだかどもってしまった。

深見が足をじたばたさせるので「うるさい」と、鎖骨をひと突きした。

たいしたナイフではないので掠り傷だ。それでも深見はギッ、と蝉《せみ》が捕まった時のような声を出し、おとなしくなる。

「お、女の子を妊娠させてたって？　ふたりも？　おまえは、ずっと僕を――騙してた」

いいだろ。もう、こいつは、殺していいだろ。千昭の中で大勢が叫んでいる。あの日、あの夜、あの時……幾度となく暴力の豪雨に晒《さら》され、ずぶ濡れになって泣いた過去の千昭たちが叫んでいる。許せないと雄叫《おたけ》びを上げる。

「ち、千昭、やめろ……やめっ……」

「頸動脈《けいどうみゃく》」

千昭は言い、その場所にひたりとナイフを当てた。動脈を切断すればこの男は出血多量で死ぬ。たぶん、千昭はものすごい返り血を浴びることになるだろうが、それがなんだというのだ。この男には、小便だってかけられているではないか。

「千昭！」

ナイフを握り直したところで、真が千昭を呼んだ。けれど、振り返ることはできない、この獲物が逃げてしまう。

「千昭。だめだ。殺すな」

「いやだ」

千昭は首を横に振った。

真の言うことでも、聞けない。もう無理だ。誰の言うことも聞けない。千昭の中の原始的な部分が、この義兄を殺せと言っている。それだけが千昭の生き延びる方法だと叫んでいる。

「千昭、落ちつけ。頼むから、落ちつくんだ」

「きみにはわからない」

真っ青な深見を見下ろして千昭は言い放った。なんだか目が痛い。もしかしたらしばらく瞬《まばた》きをしていないのかもしれなかった。獲物から一瞬だって目を離してはならない。

何度殺したいと思っただろう。

何度こいつの首を絞める夢を見ただろう。

そのたびに飛び起きて、夢かと安堵し、同時に夢だったのかと落胆した。

「強い奴には、わからない。これはもう二度とないチャンスだ。僕をガゼルだと言ったのはきみだ。食われるばかりのガゼルが、敵を殺せる唯一の機会なんだ」

ナイフの刃先を皮膚に食い込ませる。赤い血の球がぷつんと湧いて、深見が「許してくれぇ」と泣きだした。

「千昭。違う。あんたは知ってるはずだ、本当に強い者が誰なのか、知ってるはずだ」

「知らない。僕は、弱い。だから今殺さないと……」

「違う！」

真が叫んだ。壁がびりびりと震えるほどに、強く、必死な声だった。

「強い者は、耐えられる。強いから耐えられる。千昭、あんたはガゼルなんかじゃない。とっくにライオンだった。……知ってるか、ライオンの群れで狩をするのは雌《メス》の仕事だ。雄はほとんど狩をしない。雄ライオンの仕事は、群れを、家族を守ることだ」

守る。

群れを――家族を、守る。

「千昭。おまえが、そうしてきたように」

真の手が伸びてきた。

だが千昭はまだ強くナイフを握ったままだ。放そうとは思わない。この強い憎しみと怒りは、そう簡単には消えない。

「千昭」

固まったままの千昭に優しく呼びかけ、真はナイフの刃を握った。

「わかった。俺が殺す。こんなクソのせいで、あんたの人生を台無しにする必要はない。俺が殺してやる。約束するから」

「……ほんと、に……?」

本当だ、と真は血を流しながら答える。流れた血は、深見の首に滴《したた》っている。

「俺があんたに、嘘をつくと思うか」

思わない。

真は嘘はつかない。約束すれば本当に深見を殺すだろう。千昭のために人殺しになり、世間に罵られ、刑務所に入るだろう。

そんなことを、自分は望んでいるのだろうか。

深見の死は、それほど価値があるものなのだろうか。真の自由と引き替えにするほどに?

「……違う……」

千昭の欲しいのは、そんなものではない。

深見が死んでも、真がいなくなっては意味がない。

手から力が抜ける。

真がゆっくりと、千昭からナイフを奪う。

きつく抱きしめられた。

千昭はやっと瞬きをする。目がとても痛くて、涙が流れた。

覚えのある臭気が立ちこめ、深見が嗚咽しながら失禁しているのがわかった。

7

考慮しなければならないことは多かった。

麻帆《まほ》の将来。義父《ちち》の立場。病院の経営。

深見《ふかみ》のことはどうでもよかった。警察に突き出して、刑務所にぶちこんでやりたかった。けれど、真《しん》の伝手《つて》で信頼できる弁護士に相談にのってもらったところ、母を殺したのが深見だと立証するのは難しいと判断された。千昭《ちあき》が受けてきた暴行については傷害罪で訴えられるが、そのためには千昭自身が法廷で思い出したくもない過去を語らなければならない。仮に深見が有罪になったところで、塀《へい》の中にいるのはそう長くないだろう。執行猶予がつく可能性もある。

そうこうしているうちに、深見が消えた。

義父が別宅に軟禁していたのだが、逃げ出したらしい。

深見の周囲を調べた真いわく、千昭たちから逃げたというよりも、借金取りから逃げたようだ。荒っぽい取り立てで悪評高い連中からの融資で、追い込みは厳しいという。当分この地には戻ってこられないだろうと真は話した。

結局、事件が警察沙汰になることはなかった。

義父は今年いっぱいで院長の座を退《しりぞ》くことを表明し、麻帆はアメリカの高校へ留学が決まった。深見が舞い戻る可能性はゼロではなく、麻帆に累《るい》が及ばないとも限らない。

「妹に話したのか」

真に聞かれて、千昭は頷く。すべてを話したわけではないが、義兄《にい》さんとはずっと確執があって、もう家族でいることは難しいと伝えた。麻帆はわかってくれた。勘のいい子だから、なにか感じていた部分もあったのかもしれない。

「あの子なら、向こうでも友達がたくさんできるだろうな」

「僕もそう思う」

「社交的なところは、あんたとぜんぜん似てない」

感心したように言うので「悪かったな」と返す。

「千昭は社交的じゃなくていい」

「どうして」

「このあいだ見舞いに来ていた男が千昭にぺたぺた触るのを見て、蹴飛ばしたくなった。俺が傷害罪で訴えられないように、社交的じゃないままでいろ」

冗談ではない口調で真が言うので、千昭は笑ってしまった。その見舞客とは別所《べっしょ》である。もちろん外科医として、治癒しつつある千昭の傷に触れただけの話だ。

現在、千昭は義父の知人の病院にいる。静かな個室に入院してちょうど一週間だ。

あの夜、真が千昭のマンションに入れたのは麻帆のおかげだった。ずっと行方不明だった深見から携帯に電話がかかってきた時、麻帆はなにか変だと思ったらしい。深見はひどく焦った様子で、麻帆にふたつ質問をしたそうだ。千昭がマンションに帰ったかどうかと、麻帆は実家にいるのかどうか。麻帆はそれぞれに答えたが、電話を切ったあとも気にかかっていた。なぜ兄が、そんなことを確認するのかわからなかったのだ。しばらく悩んだ末、千昭にメールを送ったが返信はない。胸が騒いだ麻帆は、千昭の友人ということになっていた真にメールを入れたのだ。

ふたりがメアドを交換していたなんて、千昭はちっとも知らなかった。病院でチンピラが騒いだ日からしばらくして、院内で再会していたという。真は例の友人の見舞いに来ていたし、麻帆はよく病院をうろついていたので、考えられる偶然ではある。

「僕に黙って、妹のメアドを聞いていたわけか」

「将を射《い》んと欲すれば先《ま》ず馬を、だ。まあ、とにかくあの子が連絡をくれたのは僥倖《ぎょうこう》だった」

真はすぐにマンションに向かったが、その前に麻帆から鍵を受け取っていた。マンションの合い鍵は実家にもひとつ置いてあったのだが、千昭ですら忘れかけていた。

「もし鍵がなかったら、俺はドアをぶち壊して入っていた」

これもまた、冗談ではなさそうだ。普通なら足を怪我するのが関の山だが、真ならば本当に破壊しかねない。

「野蛮なライオンだ」

「百獣の王だからな」

「そうだな。雌《メス》に狩をさせて、自分は食べるだけ。子供が食べさせてくれと割り入れば容赦はないし、日がな一日寝てばかりいるし、そのくせ繁殖期にはすごい数の交尾をする……まったく困った百獣の王だ」

「……なんの話だ？」

面食らっている真に「ライオンの生態だよ」と千昭は笑う。

「たまたま昨日、テレビで見た。あれだぞ、特に雄《オス》は、もうちょっと真面目にやったほうがいいぞ。あれじゃ雌が気の毒だ」

「俺に言われても困る」

本当に困った顔を見せるので、千昭は声を立てて笑ってしまった。心から笑えるというのは、なんと幸福なことだろうか。

「ライオンの交尾はともかく、退院はいつなんだ？」

パイプ椅子を軋ませ、真が身体を前のめりにした。千昭の外傷はほぼ治りつつあるが、胃に潰《かい》瘍《よう》がいくつか見つかった。これは投薬で治る。

「来週には出られるけど……あのマンションにはあまり帰りたくないな。もっとも実家に戻る気もしない。引っ越しをしようと思っているんだ。勤務先も変えるし」

なにもかもを、新しくしたい。

千昭はその思いを義父に告げた。義父は「私におまえを止める権利はないよ」と悲しげに答え、けれどたまには顔を見せてくれと頼まれた。それはもちろんだ。義父に恨みがあるわけではないし、麻帆の父親なのだから。

「うちに来い」

あまりにあっさり言われて、千昭は苦笑した。

「そういうわけにはいかない。新しい職場が決まってから、その近くに探さないと」

「じゃあ俺がそこに引っ越す」

「そんな簡単な話じゃないだろう。だいたい、きみはもうしばらくしたら、どこか旅に出たくなるんじゃないのか？」

「旅には行きたい。ただし、千昭と一緒に」

座る場所をパイプ椅子からベッドの端に移動して、真は答えた。

「千昭が元気になったら、どこかに行こう。最初は近いところからでいい。リゾートでのんびりするのもいいな。それまでは、日本で千昭のそばにいる」

真はすでに『Pet《ペット》 Lovers《ラバーズ》』をやめていた。千昭がそうしろと言ったわけではない。真自身が千昭以外を抱くのがいやになったそうだ。クラブに借金があったわけではないので、退職はスムースに運んだと聞いている。

「仕事はなにをするんだ？」

「なんでも。……友人が所属しているモデルクラブに誘われた。しばらくはそこでバイトをしようかと思ってる」

適職だな、と千昭は笑った。真は千昭の肩先に鼻を擦りつけてくる。少しずつわかってきたことなのだが、この大きなライオンは結構甘ったれなところがあるようだ。まあライオンと猫は親《しん》戚《せき》のようなものだから、ゴロゴロと喉を鳴らすのも不思議はないのかもしれない。

「一緒に住むのは考えなくもないが、条件がある」

千昭の言葉に、真が「なに」と首を傾《かし》げる。

「僕を愛しているなら、禁煙してくれ」

真が目を見開いて言葉に詰まる。しばらくしてくぐもった声が「節煙で手を打たないか」と聞いてきた。

「だめだ」

「室内では吸わない。外でだけ……」

「僕はきみの身体を心配して言っている。それがわからないなら、同居なんかできるはずない」

ふいっ、と顔を逸らせて言うと「わかった、わかったよ」と真が慌てる。

「……禁煙する。あんたが手に入るなら、なんだってするさ」

溜息まじりに言う。額に当てた手のひらには、まだ大きな絆創膏《ばんそうこう》が貼られていた。千昭のために、ナイフを握った手の傷だ。

「長生きして、縁側で茶を啜《すす》るんだろ？」

はいはい、と真がおざなりな返事をする。珍しく拗《す》ねたその様子に、千昭は微笑む。大きな身体をした年下の男が可愛くて、金茶の頭をぐりぐりと撫でる。真はしばらくされるままにしていたが、やがて切羽詰まった様子で「だめだ」と言いだす。

「真？」

「もう、だめだ。限界だ」

「え、わっ」

枕に身体を押しつけられ、千昭は面食らう。真がスニーカーを蹴り飛ばすように脱いで、自分も乗り上がってきた。上掛けごしに押しつけられたそこは、熱く猛っている。

「こ、ここは病室だぞ？」

「鍵はかけた」

「あ、あのな、客が来てて、中から鍵がかかってるのって明らかに変だろう？　しかも義父の知り合いの病……んっ……」

「悪い」

そこで、謝るのか。千昭は呆れながらも、重ねられた唇を解《ほど》けない。真は千昭の傷を気遣い、さほど深い口づけにはならない。なるべく痛まない部分を探し、愛しい獣の舌がうろうろと彷徨《さまよ》う。あげくの果てに鼻の頭を舐められ、擽《くすぐ》ったさに千昭は「こら」と顔をそむける。

「なにして……あっ……」

ばさりと上掛けが持ち上げられ、真が中に潜った。

ごそごそと動く白い山の下で、千昭の下半身を脱がせている。いくらなんでも、こんなところでそれはまずいだろう。千昭の分別はそう主張するのだが、一方で、検温はさっきすんだばかりだし、夕食まで間があるから大丈夫かも——などと考えている自分もいる。

「わ……」

ずる、と引きずられ、上半身がシーツに落ちる。

「あ……んっ……」

びくりと、と震えが走る。

真が千昭のそこを口に含んでいた。そんなことをされて、平静でいられるはずがない。千昭は自分の口を片手で覆い、漏れ出そうになる声を押さえる。

いつになく、真の動きは性急だった。

あっというまに完全な形となったそれを、まるで貪《むさぼ》るように愛撫する。先端の小さな切れ目に舌を差し入れられ、千昭は自分の指を噛む。次第に声を殺すのが難しくなってきていた。

「だ……真……あ、ん……っ」

たっぷりと唾液をまぶされた先端に、舌が絡みついてくると膝が勝手に上がっていく。シーツの中から聞こえてくる、濡れた音がたまらない。

シーツを握る手にグッと力が入った時、真は千昭のそれを放した。

「ふ……」

安堵する気持ちと、もっと愛撫を欲しがる気持ちが綯《な》い交《ま》ぜになって千昭を困らせる。息を整えていると、上掛けの山がまたごそりと動いた。

「あ……?」

太腿《ふともも》が押し上げられる。まるでおむつを替えられる赤ん坊の体勢だ。動揺した千昭は脚を下げようとするが、真は許さない。

「……え……あ、あっ……真……!」

ぬるりとした感触が会陰《えいん》を訪れた。それだけでも耐えがたく恥ずかしいのに、真の舌はさらに奥まった部分へと動いていく。いやだ、だめだ、そんなところは汚い――頭にはいくつもの制止の言葉が浮かぶのに、震える喉から先に出てくれない。

「……っ……」

温かく柔らかなものが、千昭の粘膜に接触する。

見えなくても……いや、見えないぶんよくわかる。舌先でそっと突《つつ》き、ヒクヒクと反応する部分を宥《なだ》めている。真は千昭のそこを執拗《しつよう》に愛撫した。襞《ひだ》を広げるように舐《ねぶ》られ、ぬぷりと舌を差し込まれる。千昭は足の指まで強ばらせ、必死に唇を噛み続ける。

唾液まみれのそこが、すっかり蕩《とろ》けた頃、真がバサリと上掛けを外す。

暑かったのだろう、紅潮した顔を見て、千昭は悔し紛れに「馬鹿」と罵った。もっとも掠《かす》れた甘い声では、なんの威力もないだろう。

「ち、あき……いいか……？」

自分の穿《は》いているデニムのベルトに手をかけて、真が問う。ここまできてだめだと言って、やめられるのか。試してやりたい気もしたが、限界なのは千昭も同じなのだ。

「いいから、早く……っ」

「千昭……千昭……く……」

侵入をしてきた灼熱《しゃくねつ》に、千昭は胸を喘《あえ》がせる。潤滑剤もなく、今までで一番無理な挿入だ。

当然痛みはあった。

なのに、全身が粟立《あわだ》つほどにいいのはなぜなのだろう。

真に貫かれている。

愛しい獣に食《く》らわれている。

いや、食っているのはこちらなのか。千昭もまたライオンなのだと、真は言っていた。

けれど、それはやはり違う気がする。千昭はガゼルでいい。べつにライオンになりたいわけではない。草原を自由に駆け、草を食《は》んでいられればいい。

それにもう、ライオンは手に入った。ガゼルはライオンを射止めた。

信じがたいことではあるが、美しいこの野獣は千昭に夢中だ。

「……くっ……」

色めいた野獣の声がする。奥まで自身を埋《うず》めてしまうと、真は身体をぶるりと震わせた。たてがみのような髪を震わせ、眉を寄せて千昭を見る。

腕を伸ばして真を呼んだ。

抱きしめてくれと、目でねだった。

真はすぐに千昭の願いを叶えてくれた。深く繋《つな》がり、深く抱き合う。自分の身体の中で、真の逞《たくま》しいものが脈打つのがわかる。それは真が生きている証拠であり、もうひとつの心臓のようにも思えた。

「う……千昭、そんなに絞るな……」

そうは言うが、千昭も意識してやっているわけではない。勝手にそこが真の存在を喜び、収縮してしまうのだ。

どうしたらいいのかわからず、思わず腰を蠢《うごめ》かせると、真が小さな呻《うめ》きをあげた。

そして、もう我慢ならないとばかりに、激しく動き始めた。

「あっ……ふっ、んっ……く……！」

千昭は再び、自分の口を塞《ふさ》がなければならなかった。

それでも、どれだけ声を殺せたかわからない。仮に声は聞こえなかったとしても……ベッドの軋みばかりはどうにもならない。

真の動きはますます激しさを増し、千昭の腰も勝手に動いてしまう。

身体の内側で得られる快楽はまるで麻薬のように千昭を溺れさせ、指の隙間からとんでもない言葉まで漏れだす始末だ。掠れた声で千昭は「いい」と啼《な》いていた。それどころか「もっと」とねだり、腰を揺らす。我ながら淫《みだ》らな有り様だ。

病院内でそういった行為に及ぶ入院患者の話を聞いたことはあった。そのたびになんて堪え性のないことかと呆れ果てていた千昭だが、まさか自分がそうなるとは思いもしなかった。

それでも後悔などしていない。千昭の理性は休暇を取って、どこか遠くに旅行中だ。ばれたっていいか、とまで思っていた。こんな美しい恋人に抱かれている自分を誇らしいとすら感じる。恋とはまったく、恐ろしいものだ。

「あ……ああっ……！」

一瞬、汚れたリネンをどうするかという問題が頭を掠めたが、激しい突き上げにたちまち吹き飛んでしまう。

今の千昭にできるのは、荒ぶる獣にしっかりと脚を絡めることだけだ。

見えてきた頂《いただき》へ、ふたりで駆け上がる。

その頂からは、きっと草原が見える。広い、広い、草波の海原。

煌《きら》めく草原には清々しい風が吹き渡り——千昭はそこで、思いきり深呼吸をするのだ。

POSTSCRIPT

YUURI EDA

こんにちは、榎《え》田《だ》尤利《ゆうり》です。
このたびは『獅子は獲物に手懐けられる』をお読みいただき、ありがとうございました。百獣の王、ライオン攻めはお楽しみいただけましたでしょうか。あ、本文未読の方、獣姦モノではありません。ご安心ください(笑)
本物のライオンをペットにするのは無理な話ですが、シンみたいな人間ライオンなら大丈夫！　本気で噛みついたりしませんし、血の滴る生肉を食わせろとかも言いません。しかもこのライオン、猫まんまで飼えそうです。ええと、私のいう猫まんまというのは汁かけごはん（味噌汁やお茶）のことなのですが、かつおぶしごはんを猫まんまという地方もあるようですね。

シンはカツ丼にお茶をかけて食べていましたが、私はチャーハンにジャスミンティーをかけて食べるのが好きです。賛同者がほとんどいなくてさみしいのですが。

さて、本作はPet Loversと称する謎のクラブから派遣されるペットを中心とした物語になっております。第一作めの『犬ほど素敵な商売はない』も好評発売中。シリーズといえど物語は独立しております。どこからでもお読みいただけますのでご安心ください。

美麗なイラストは志水ゆき先生にお願いできました。ありがとうございました。もー、シンのかっこいいことといったら！　また、担当氏をはじめ、本作の刊行にご尽力いただきました皆様に御礼申し上げます。

そして親愛なる読者の皆様に、最も大きな感謝を捧げます。よろしければご感想などお送りくださいね。いつでもお待ちいたしております。

次作は『交渉人は黙らない』の続編となり、そのあとでPet Loversの第三弾という予定となっています。さあ、次のペットはなんだろう。猫、ハムスター、セキセイインコ。ミドリガメにイグアナにフトアゴヒゲトカゲ……え、だめ？　わりと可愛いよ？

それでは再びお会いできるまで、どうぞ皆様お元気でお過ごしください！

２００８年　西瓜の頃　榎田尤利　拝

SHY NOVELS

獅子は獲物に手懐けられる

SHY NOVELS210

榎田尤利 著

YUURI EDA

ファンレターの宛先
〒101-0065 東京都千代田区西神田3-3-9大洋ビル3F
(株)大洋図書 SHY NOVELS編集部
「榎田尤利先生」「志水ゆき先生」係
皆様のお便りをお待ちしております。

初版第一刷2008年9月3日
第三刷2011年6月22日

発行者 山田章博
発行所 株式会社大洋図書
〒101-0065 東京都千代田区西神田3-3-9大洋ビル
電話 03-3263-2424(代表)
〒101-0065 東京都千代田区西神田3-3-9大洋ビル3F
電話 03-3556-1352(編集)
イラスト 志水ゆき
デザイン Plumage Design Office
カラー印刷 小宮山印刷株式会社
本文印刷 株式会社暁印刷
製本 株式会社暁印刷

ISBN978-4-8130-1178-1

増刷出来

SHY NOVELS
好評発売中

犬ほど素敵な商売はない

榎田尤利

画・志水ゆき

私はきみを、美しい犬に躾ける

「悪い子だ。発情してしまったのか？」

自覚のあるろくでなし・三浦倖生は、うだるように暑い夏のある日、会員制デートクラブ『Pet Lovers』から『犬』として、寡黙で美しい男・轡田の屋敷に派遣される。そこで倖生を待っていたのは厳格な主人・轡田の厳しい躾の日々だった。人でありながら犬扱いされることへの屈辱と羞恥。そして、身体の奥底に感じる正体不明の熱…　次第に深みにはまっていくふたりだったが!?　究極のコンプレックス・ラブ!!